花
笙
STORY

让好故事发生

正当防卫

JUSTIFIABLE DEFENSE

贾东岩 武瑶 ◎著

中信出版集团 | 北京

图书在版编目（CIP）数据

正当防卫 / 贾东岩, 武瑶著. -- 北京：中信出版社, 2025.7. -- ISBN 978-7-5217-7096-4

I. I247.5

中国国家版本馆 CIP 数据核字第 20240E5015 号

正当防卫

著者：贾东岩　武瑶
出版发行：中信出版集团股份有限公司
（北京市朝阳区东三环北路 27 号嘉铭中心　邮编　100020）
承印者：三河市中晟雅豪印务有限公司

开本：787mm×1092mm　1/16　　印张：18　　字数：166 千字
版次：2025 年 7 月第 1 版　　印次：2025 年 7 月第 1 次印刷
书号：ISBN 978-7-5217-7096-4
定价：59.90 元

版权所有·侵权必究
如有印刷、装订问题，本公司负责调换。
服务热线：400-600-8099
投稿邮箱：author@citicpub.com

目录

楔子一   I
楔子二   V

第 一 章　还记得你以前办过的那个案子？　001
第 二 章　被别人审判命运的滋味　026
第 三 章　嫌疑人第一句话是迷宫的入口　056
第 四 章　这个社会上有三种审判　079
第 五 章　有人跟我站在同一根钢丝上　100
第 六 章　这种正确是残忍的　122
第 七 章　到底是沉睡的法条，还是装睡的人？　143
第 八 章　选择了，就不能再选择　164
第 九 章　这就是"正当杀人"的机会　182
第 十 章　这个检察官现在"叛乱"了　209
第十一章　一个渴望被法律保护的普通人　235
第十二章　我要在时间法庭上申诉　250
尾　　声　每一个瞬间都是双重瞬间　274

楔子一

我得保持微笑。

保持微笑，才不会有人发现我身上藏着刀。不，确切说来，是因为身上藏着刀，我才敢微笑。

青春期的孩子，就像一群小兽被关在同一个笼子里，注定会撕咬。我身体不够强壮，性格不太合群，日常不受宠爱，是最佳的攻击对象。

今后不会了，我带了刀，一把很锋利的刀。如果再受欺凌，我将亮出这锋利的牙齿。一刀刺出去，我和对方的人生可能都会毁灭。

但这破烂的人生，只有到毁灭时，才会被人在意。

课本上教过什么是核威慑，有核弹，别人就不敢伤害你。刀，就是少女的核威慑。

出门时，我把刀藏得很严，怕父母发现，也怕不小心掉出来。最怕的还是遇上他们，我会忍不住先动手。

炎热让空气扭曲，我经过石桥，穿过漫长的街，终点是武岩三中。

老师正在教学楼门口做例行检查，学生们排着队，美工刀、裁纸刀、圆规都被收走。

要是没有了尖牙，我该怎么办？

我想用微笑骗过他们，但快速地评估了一下，恐怕不能。我已经很久没有微笑了，他们会怀疑。

我得找个藏刀的地方。

右方是图书馆，没人会去图书馆搜查，是个藏刀的好地方。

走过去用了两分钟，这是我人生最漫长的两分钟。

进门处，是图书馆管理员的桌子，她正伏着睡觉。一楼是人文社科区，把刀藏在这里太张扬。二楼是文学名著区，借书的学生多，容易被发现。三楼是自然科学区，这里最隐蔽。听说那些谈恋爱的同学会躲在这里，他们会反复徘徊，但他们不会看书。三楼最深处的一间，门很窄，进去之后，房间很宽。

我得选择灰尘最多的一个书架。

身边没有梯子，刀藏不到书架的最顶层。至于下面，如果把刀横着放，会有一排书脊凸浮出来，很容易被注意。如果把刀竖着放，刀尖又比书高一寸，也会被发现。我只能打乱书的顺序，把刀横放，用小开本书挡在外面，大开本书在两边夹住，这样书脊就平行一线。不会有人注意到这个变化的，因为根本就没人看书。

终于，刀藏好了。

我走出图书馆，走向教学楼。

路旁的花坛里，种满了浅粉色的绣球花。我摘下一朵绣球花，钳在指尖，举在胸前。

保持微笑，才不会有人发现我藏了一把刀。

我得保持微笑。

此时，距离武岩三中图书馆杀人案发生，还有三天。

楔子二

女人把衣服塞进洗衣机,缓慢却用力,或许是为了逃避身后的男人。桌上摆满了饭菜,却只有一副碗筷。

男人笃定:"有人来过吧。"

女人转过身,说:"我们现在分居,时间一到,就能离婚。有没有人来过,你管不着。"

洗衣机的滚筒及时地转动起来。

男人推了下金丝眼镜,拉开手边的公事包,捞出一把剔骨尖刀。他用刀尖挑起一块肉,吞下,说:"味儿不错,不是你做的。"

小鱼缸里的蓝色热带鱼猛烈地撞击着玻璃壁,像是在寻找生路。女人的目光也在房间里逡巡,她在寻找自己的生路。

刀架上,宽窄不一的六把刀。

"过来,坐下。咱们吃饭。"

男人把刀插在桌上。

滚筒洗衣机转动着,洗衣机里的白裙子被水流反复地绞杀、拧干。

女人连滚带爬逃到了阳台，手里还拿着菜刀。男人也提着刀，朝她走过去。

两人厮打起来，强弱分明，女人倒在地上，男人举起了刀，却没有落下。女人抓住这个瞬间，将刀子刺进了他的身体。

随后是又一刀，再一刀，合共十七刀。

缓了一会儿，女人回到屋里，又走出来，怀里抱着洗好的衣服。她降下晾衣竿，把衣服一件件地晾上去，就像什么事也没有发生，就像她每天的日常。

监控画面结束。这可能是这个事件最关键的证据，然而它随后就被删除了。

警方接到了自首电话，女人叫陈婷。警车里，她一直在背诵一段话。起初，警察以为她在复述案情，仔细听才发现，她背的是《中华人民共和国刑法》第二十条："为了使国家、公共利益、本人或者他人的人身、财产和其他权利免受正在进行的不法侵害，而采取的制止不法侵害的行为，对不法侵害人造成损害的，属于正当防卫……"

此时，距离武岩三中图书馆杀人案发生，已过十四年。

第一章

还记得你以前办过那个案子吗？

　　检察官来复勘现场的时候，阳台上的白裙子早就干了，衣袖上还残留着血痕。夏天的风总是湿湿的，它轻轻地吹拂着白色长裙，仿佛在轻抚爱人。裙摆荡漾着，红褐色的血痕在白色的裙子上如花一样绽放着。白裙背后，一抹扎眼的蓝色若隐若现。

　　一个中年男人双手捧着一个玻璃鱼缸，双眼盯着鱼缸中游来游去的蓝色热带鱼。他就是段鸿山——武岩市检察院副检察长。

　　这是个一室一厅的房子，长方形，被切成了两段：一段是卧室，里面有一张婴儿床；一段是客厅，餐桌和灶台都在这里。往外还有一截阳台，夏日的阳光通透地洒进屋里来，没有一丝遮蔽。这三个空间组成了陈婷的家。

　　他静立着,而房间内的其他人都在忙碌着。用尺子测量距离的,是检察官助理刘少兰;拍照的,是书记员丁一;坐立不安的,是上了年纪的房东。

　　"死者名叫张源,三十二岁,嫌疑人叫陈婷,三十一岁。两人是夫妻,目前正处于分居状态。陈婷提出离婚,张源一直不同意。离婚原因是张源的家庭暴力。"

　　刘少兰快速汇报着,声音叮叮当当,敲打着段鸿山的耳朵,他仿佛听见了一年前、一个月前、一周前,女人的嘶喊。段鸿山把鱼缸放在桌面的刀痕上,因为水的折射作用而被放大的刀痕,显得更加触目惊心。

　　"六月十七日,张源提前下班,在超市买了一把剔骨尖刀,构成凶器的那种。吃完晚饭之后,才来陈婷这里。据陈婷供述,案发时她正在洗衣服,张源来了,持刀威胁她,悲剧就此发生。陈婷的孩子年纪小,当天因为吃了感冒药睡得很沉,什么都不知道。法医确认张源的死亡时间是晚上十点四十分,这台洗衣机的快洗模式是二十八分钟,我刚才对了电表,用电突增时间是十点二十分左右,这与陈婷的供述一致。"

　　看见他们三个还一副钻研审察的模样,老房东坐不住了,打断了刘少兰的陈述:"警察同志,什么时候能结案?查完了又查,一遍又一遍,我这房子还得想法儿出租呢!"

　　"我们不是警察,是检察院的。发生刑事案件,公安机关侦查阶段结束后,移交给我们,我们来选择是否逮捕、是否起诉和起诉方式。"丁一纠正他。

如果穿上制服,段鸿山时常会被误认成警察。他个子很高、方正脸,严肃地皱着眉头,本来肩就宽,制服上醒目的肩线更衬得他臂膀强壮,像个随时会扑上去逮捕嫌疑人的警察。

实际上,段鸿山体力一般,虽然做事利索,但反应速度很慢。他藏在袖口下的胳膊也没什么肌肉,空有一副大骨架罢了。警察负责的事情,他都做不好。段鸿山平时最常做的事,还是在案头翻来覆去地阅读或起草那些起诉书。

老房东在意的当然不是这些。"我眼瞎啊,把房子租给了个杀人犯!这谁能看得出来?!陈婷这么一个瘦瘦弱弱的女子,带个孩子,下手也忒狠了,十多刀,捅完了还晾衣服。我这房子算完了!"

"您先别急着租,陈婷是不是杀人犯,您说了不算,法律说了算。"刘少兰心里已经有了立场。

"武岩三中。"一直沉默的段鸿山突然开口,说出了让在场所有人都意外的一句话。

"您还在想滢滢上学的事?"

武岩三中是武岩市最知名的中学,采用初高中连读制度。武岩人都以从三中毕业为荣。段鸿山的女儿正值小升初,也在争取进入武岩三中。

"张源和陈婷都是武岩三中毕业的。"

丁一有些惊讶，三中毕业的，很难想象落得这么窘迫。

"段检，这和这个案子有关吗？"

"也许有关，也许无关。"

阳台上，那条白色的裙子随风飞舞，裙摆后面，是整个小区。

"狂者东走，追的人也往东走，方向相同，理由完全不同。"

武岩市很多年没出过恶性案件了，检察院也十分重视。陈婷在案发后主动自首，目前已经批捕，关在看守所里等待量刑。案情明确，凶器证据都在，公安没费什么功夫，就把屋里的证据归拢归拢，总结成几份文件，移送到了检察院，到了段鸿山的手里。

但给陈婷的案子定性，现在成了一个难题。

现场的证据已经收集齐全，接下来就是讯问。

看守所所在的楼里，有一条狭长的甬道，甬道有灯，但灯不亮，甬道的尽头就是讯问室。段鸿山走在最前面，刘少兰和丁一跟在两边。丁一手里捧着鱼缸，热带鱼在水中舒展身体，即使在昏暗的灯下，它还是蓝得如此鲜亮。

在讯问室门口，段鸿山站住，叮嘱身侧的两人："老规矩，自己的立场不能带到里面去。"

这句话，给刘少兰敲响了警钟。陈婷案还没定性，刘少兰和丁一就已经产生了分歧。刘少兰同情陈婷，年轻姑娘喜欢上网看新闻时事，也爱看人们的反应。张源长期对陈婷家暴，陈婷想离婚还离不了，他甚至带着刀追上门来。她觉得陈婷的量刑应该酌情减轻。丁一比刘少兰小几岁，从小就喜欢看侦探小说，对他来说，他更沉浸于破解这起杀夫案。

站在讯问室前，两人如实向段鸿山说出了自己的立场。

段鸿山问："现在呢？"

两人一齐答："忘掉了。"

答案让段鸿山满意，他这才推开了门。

讯问室是一方小小斗兽场，一张桌子隔出了两个天地。桌子这边的人想要挣脱锁链，获得自由人生；桌子那边的人却想要将对方镣铐加身，打入无间地狱。最漫长、最磨人也最残酷的智斗，每天都在讯问室上演。

"你对张源有仇恨吗？你为什么会连续刺他十七刀？当你第一刀刺下去的时候，张源应该就失去了反抗能力。你为什么又刺了十六刀？"

"在发生如此重大的变故之后，你第一时间拨打了120急救，以及110报警。但在等待救护车到来期间，你为什么还把洗衣机里的衣服都晾在了阳台上？"

连环发问，由刘少兰与丁一完成，这是段鸿山的策略。这些问题对于警察来说，是无关紧要的信息，但如果要从法律上定性陈婷袭击张源的原因，就必须确定她每一个行动的目的。

陈婷保持沉默。

段鸿山捧起鱼缸，放在陈婷身前，陈婷垂着眼，看小鱼游弋。段鸿山捏起鱼食，撒在鱼缸里，陈婷的眼睛渐次亮了，帘幕也就拉开了。

"我也不知道为什么会刺十七刀，那一刻我整个人是蒙的，我以为我只刺了一刀，可警察说，是十七刀。警察不会说谎，那一定是真的。以前上学时，他比我高一届。他打我很疼，一拳下来我就没有一点儿力气了。我要是只刺一刀就好了，只刺一刀，我应该就是正当防卫，对吗？那他要是还能动，他杀了我呢？"

这回答的是刘少兰的问题。刘少兰有些触动，但没有发声，她的职业本就该善于倾听。

"那天孩子的衣服脏了，我的衣服也脏了，我准备趁着洗衣服把晚饭吃了，我每天的生活都是这样的，我是个爱干净的人。可就在那个时候，他来了，说是想看孩子，离婚还没批下来，我没有理由拒绝。他把刀插在桌子上。洗衣服需要二十八分钟，就在这二十八分钟的时间里，我的人生一下脱轨了，撞进了泥坑里，肮脏、混乱、血……那一刻，我就只想把洗好的衣服晾干。衣服干净了，我的人生也就能回到以前了。"

段鸿山问："以前是哪个以前？是张源闯进你家以前，还是你们分居以前，还是婚姻开始以前？"

陈婷突然抬头，目光与段鸿山一撞。

段鸿山接着问:"张源在袭击你之前,说你家里进过别人,有没有这回事?"

陈婷凝神说:"没人,张源生性多疑,看见只公鸡都觉得能给他戴绿帽子。"

刘少兰追问:"他说饭菜不是你做的?"

陈婷有点儿哀怨,说:"如果现在能让我回去,我就当着你们的面再做一次,尝尝我做饭到底怎么样。正好,我把晾的衣服收了。"

她撩了撩自己的头发,袖子顺着手臂滑落下去,露出上面新的淤伤和旧的划痕。

陈婷说自己以前喜欢读书,可是毕业以后,就没有时间看书了。这几天在里面关着,有了时间,就开始看刑法。开始她以为看了就能知道,自己到底该怎么判。正当防卫的法条就那么短的几行字,法条很简单,可越看越复杂,越看越不明白,搞不清现在是什么罪了。

"我没抓住我的过去,也看不清我的未来了。"陈婷的眼底起雾了,"你们判我杀人也好,把我关进监狱也行,可谁能告诉我,在当时那种情况下,我不反击,我还能怎么办?"

段鸿山没有问题了,讯问很快就进入尾声,他将笔录放在陈婷面前,等着她签字。

"孩子公安机关在照顾,我没什么可惦记的,可这鱼没人照顾,就死了。段检,您能帮着照看吗?再不然,就把它放回家,让它在鱼缸里慢慢地干死、饿死或者淹死。"

说到鱼会淹死,陈婷眼睛望向天花板,笑了。听到这个绝望的玩笑,三位检察官当然笑不出来。

陈婷又说:"这个城市不就是一个大鱼缸吗?"

武岩市检察院是个大院,三十年了,没挪过地方,院里有不少老树。在这样日新月异的城市里,一栋建筑能保持三十年安定,很不容易。院里绿化面积在百分之三十以上,建筑面积差不多到了百分之四十。院里有一个不大不小的水池,是现任检察长宫平在担任副检察长时修的。按宫平的说法,智者乐水,检察官是智者,应当学习水的灵活流动。也有人背后说,是为了风水。

就在水池边,段鸿山和女儿通了个话。女儿段滢正值小升初的关头,目标还是武岩三中这种名校,除了正常笔试之外,还要面试。说是考察综合素养,却要求家长必须到场。考孩子就是考家长。段鸿山如今是副检察长,这个身份就是加分项。哪怕再忙,在女儿小升初这件事上,他也得排出时间配合。

安抚好女儿,段鸿山就去找检察长宫平。

检察长办公室的门开着。宫平习惯这样,讲究敞开门办事,一举一动都要经得起干群视线的检验,所以,只要不是谈论具体业务,他的门总开着。

宫平五十七岁,看上去却还要年轻些。他精悍、敏锐,只有仔细观察之后，才能看出他的深邃。

段鸿山把鱼缸摆在了宫平桌上。

"人家让你养，你拿到我这儿，是觉得我每天都闲着？"

段鸿山说："是因为您加班多，在办公室时间长。"

宫平看得透彻，说："你带着鱼去审陈婷，是想打感情牌让她开口。可陈婷又让你把鱼带回来，这何尝不是陈婷的情感战术？"

段鸿山说："那我就把鱼扔了？"

宫平瞪他一眼："放这儿吧。"

宫平问："你对这个案子的态度是什么？"

段鸿山斟酌："我倾向正当防卫。"

宫平想了想，说："召开联席会议吧。"

按官方的话，检察官联席会议是以检察官独立办案为基础，对新型疑难复杂案件进行集体讨论，凝聚集体智慧，提出办案思路，避免重走层层审批的办案老路，也避免因检察官个人经验与认识上的不足而出现的问题，其本质是一种议事咨询机制。

段鸿山问："是公安那边给了压力吗？"

宫平说："天理、国法、人情，一个优秀的检察官要学会在三者之间权衡，以得出最优的判断。这是我的判断。"

段鸿山问："那您怎么判断？"

宫平说："这次联席会，我亲自参加，我持反对意见。"

这不寻常。近三年来，武岩市检察院的联席会议，几乎都是段鸿山殿后发言。这次的案件，检察长亲自参与，并提前明确表态，还是头一回。

段鸿山争取："如果这样，您能最后一个发言吗？"

宫平一副高深莫测的样子："开场时我不定调子。"

联席会议当日，参加会议的，除了市院检察官，还有区县检察官。彼此许久不见，他们一见面就交流手里的案子。交流交流，就变成了恭维，继而就引到了八卦。

话题的焦点是，断柯县检察长罗玉刚办的富二代性侵案。他们表面是打听案子，其实是想打听参与这个案子的律师雷月。

雷月是段鸿山的前妻，以前是段鸿山的助理检察员，也是他们同事。几年前脱下了检察制服，当了律师，就和段鸿山离婚了。如今，她在武岩市风生水起，专打刑诉，是首屈一指的名律师。

罗检说女孩被性侵后，想告那个二代，可她不知道找检察院，去找了律师事务所。幸亏碰上了雷大小姐，第一句话就是让她私了。雷月让女孩去医院开了验伤报告，又拿报告跟二代家要了两百万，这事就算完了。可雷月又让女孩去找了闺密罗检。强奸，刑事罪啊！这是能私了的吗？验伤报告加私了协议，构成了不可推翻的证据。富一代花了很多钱，也没能推翻最终判决。如果从一开始走刑事附带民事，女孩得不到多少赔偿，也未必一定能打赢。但雷月这么做，受害者出了气，也得到了最佳利益。

检察官们感叹,这要还在检察院干多好!继而好奇她家都不要了,在外面到底能挣多少钱。

罗检刚要报出数字,段鸿山就来了,宫平跟着也进来了。

气氛一下就严肃起来。

联席会议的参加人数通常是单数,以保证有结果。这次参会的是七个人,检察长宫平坐正中,段鸿山年资仅低于副检察长老赵,论资历坐第三,发言排在倒数第二。联席会议有个不成文的规矩,就是按资历由浅到深排序发言。按理,老赵发言排在段鸿山后面,但这次段鸿山是主办检察官,两人发言就挪了位置。检察官们身后还有一排座椅,留给新人观摩学习,今天只有丁一负责记录。

县检察院的黄检察官先给结论,他认为是防卫过当。第一刀算正当防卫,后面十六刀,显然过当。

法医转检察官的老许则认为黄检察官的看法过于中庸。他认为防卫过当是个分寸问题,但陈婷案的焦点是动机问题。他走过许多现场,深知看现场的感受和坐而论道完全不同。卷宗里写了"十七刀",但看现场,"十七刀"是半地血,救护车到时血都要流干了,强心针都扎不进去。这不是故意杀人,什么叫故意杀人?

他转任检察官的年头不久,年龄却是全场最大,话有分量。

"我们也得考虑反应时间啊。人在应激的时候，他的反射弧能有多长？整个事件的过程，往往就在七八秒之间。七八秒啊，别人向我扔来一个杯子，我可能都反应不过来是该接该躲。那一刻的行动是无意识行动，更是下意识行动。人有保护自己和反击的天性，短短一瞬间，所有行动都是出自本能。绝对不是故意杀人，最多防卫过当，并且应该适度减免刑罚。"说话的是罗检，她从情感上支持陈婷，但她必须用尽量科学的方式来说明，以避免其他人产生女性袒护女性的印象。

随后发言的谭检察官反驳："持刀反击，退到阳台，是不是陈婷当时能做出来的最佳选择？还有门呢！进了阳台，那么高的楼，掉下去怎么办？她的危险性变成了既面对利刃，又面对高楼，这是双重的危险，所以在这个环节，我存疑。"谭检察官是政策研究室主任，日常却是体验派，对刑案格外热心。别人说话时，他一直在模拟案发情形。他认为陈婷在这段时间里，没有做出最恰当的选择，性质上是故意杀人，量刑可以从轻。

"法，不能向不法让步！"出人意料地，段鸿山打破既定发言顺序，抢在赵检之前说话了，"面对利刃威胁，持刀防护是一种基本意识，我觉得大家在正当防卫的即时性上谈了太多，对危险性认识不足。在这起案件中有两个受害者，显性的受害者是张源，隐性的受害者是陈婷。陈婷遭遇的危险，不只是发生于六月十七日晚那短短半个小时，而是在她三年的婚姻中持续发生，并在分居后继续升级。我们做个假设，一名妇女在山村里遭到别人强暴，又被关进一间屋子，之后每天不断遭受虐待、强奸。直到某一时间点，对方正要再次施暴，但还在准备时，她先下手为强，抓住仅有的、瞬间的、唯一的空隙反击。这种情况，算不算正当防卫？"

这是一个经典难题，检察官们无法立刻回答。段鸿山也没打算让他们回答，继续道："有一个名词，叫受虐妇女综合征。陈婷的情况，就属于受虐妇女综合征。如果这次没有彻底反击，那她早晚有一天会死在张源手上。我认为将本案定性为正当防卫，能对社会做出更好的垂范！"

谭检察官和段鸿山年龄相当，位置相若，平时就隐然有竞争在，到了案子上更是针锋相对："在讯问笔录里，你提问陈婷，当天是否存在第三人。假设有第三人，他是不是陈婷的情人？如果是情人，案件性质将会改变，有可能是预谋情杀！正当防卫是好法条，但要是有人利用这个法条犯罪，造成不好的垂范，又怎么办？"

"不管当天是否有第三人，只要这个人没在当时当刻当场，就仅属于私德问题、伦理问题，绝非法律问题。"

"段检这是铁了心办铁案啊！对，主办检察官每一桩案子都该办成铁案。法理问题我不多谈，社会影响也是院里考核的一部分吧！"副检察长老赵最重影响，他快退了，一切求稳，生怕单位搞出什么事端来，影响他的退休落脚大计。他早准备好了一摞打印件，他不轻易表态，资料的态度就是他的态度。

"武岩不是个大城市，恶性案件不多，出一桩就是大事。这些资料都是解读陈婷杀夫案的公众号。有说是家庭矛盾下妻子激情杀人，有说采访了死者父母，有说女权泛滥导致女子杀夫，更有质疑检察官能否维持正义的。这么多口径的文稿，即便有死者家属在煽动，但落到纸面上递过来，就都是民心民意。"老赵又不轻不重地补了一句，"段检的决定，全武岩上百万人口，都在看着哪！"

最厚的一份放在宫平眼前，宫平没碰。

不管看了的、没看的，此时所有人的目光都聚焦在段鸿山身上。所有人都清楚，段鸿山作为主办检察官，这些压力最终都扛在他肩上。

段鸿山没当回事，说："去年我办了一起营销号造谣诽谤案，比较清楚他们的价格，这些'民意'加起来得有五六万块。"一句话，就把老赵准备的这些资料给排除了。

随后段鸿山追问："一个男人，未经允许，持刀闯进你家，要杀你，把你逼到阳台。你有几个选项：第一，被他杀死；第二，跳下阳台；第三，举刀反击。你们会怎么选？"

大家仍未想好怎么选，但新消息的到来为他们解了围。

刘少兰过来报告，公安局提交了新证据，说案子出现了目击者。

视频材料里，一个明艳优雅的女人正在接受公安询问。

"这个城市八九点钟就熄灯了。但我有失眠的毛病。那天我像平时一样，开着白噪声——哦，只有海浪的声音一直响着，才能让我睡着。陈婷家在我家对面，我是看了新闻之后才知道，她叫陈婷。听到声音后，我就从窗户往外看，一片黑，但陈婷家的灯亮着，周围都黑漆漆的，就他们家亮着，像一个电视屏幕，在上演着最激烈的剧情。

"我视力很好，能看见男人拿着刀，女人也拿着刀。我第一时间就想报警，但事情发生得太快。他们打得很激烈，我想我得做点儿什么，就拿手电往那边晃。我觉得，如果他们都看见了这道光，或许就会住手了，或许他们的人生就会回到从前……我太天真了，竟然想用一束光，把两把刀分开。当时那女人倒在地上，男人的刀就要扎到她了，手电光晃到了他的眼睛。那一下，他停住了。可我没想到，女人的刀刺过去，他就倒下了……"

警察问："为什么不报警？"

女人说："我不太懂法，毕竟死了人，是我手电照的，担心自己也卷进案子里。"

警察又问："你为什么站出来？"

女人说："在媒体上看了她的故事，觉得她挺可怜。"

警察质疑："陈婷的证词里没有提到过一束光。"

女人猜想："陈婷可能是想保护帮她的人。"

警察好奇："你为什么会这么想？"

"我通常都这么想。"

警察问："什么手电能照这么远？"

女人说："我带来了。"说着把手电放在了桌上，是一种潜水手电。

随后是惯例的签名。女人用很隽秀的字体写下了她的名字：梅筝。

看到这个名字，宫平望了一眼段鸿山，段鸿山也正朝他望过来。两人眼神一撞。

谭检察官问楼间距有多少，许检说现场报告里写的是六十米。谭检察官觉得有问题，手电筒也就照个十几米，怎么可能有那么强的光晃到六十米外的人的眼睛。罗检说，证人用的是潜水手电，能在海底使用，海底下没什么光，这种手电的光能射出近百米远。谭检察官说，除了要证实手电筒的性能外，也要对证人进行视力测试，看她是否能在黑暗中看清六十米外的动作。假设能看清，清楚到什么程度。

宫平好像没有听他们的讨论，而是一直盯着段鸿山。

"新证人，新证人。"宫平重复了两遍，才问，"鸿山，你怎么看？"

段鸿山说："新证言有利于陈婷，证言如果属实，本案无疑是正当防卫。在法理上，我觉得没有太多可争辩的地方，我想让公安机关补充侦查，落实证人证言。"

宫平问:"还记得你以前办过的那个案子吗?十四年前,也是事关正当防卫的那件。有没有想过拿出来对比一下?"

段鸿山一愣,有点儿迟疑,不知怎么回答才好。

宫平一笑:"你主办,你定。"

回到办公室,段鸿山反复播放证言,停下来审视梅筝每一个角度的表情。

刘少兰在一旁说:"这个梅筝,字漂亮,人也漂亮,肯站出来帮人,内心更是漂亮。"

丁一补充道:"她谈吐、气质都很好,一点儿都不像在水族馆工作的,很奇怪。"

段鸿山说:"她可能只是不想和人说话。"

这话一出,两个小年轻都有点儿诧异。

段鸿山引开话题,问:"有目击证人的事,陈婷现在知道吗?"

刘少兰回答:"知道。"

周末,段鸿山罕见地没失约,带女儿段滢来了水族馆。

幽暗的水底,游弋的热带鱼群显不出斑斓。直到暗处射来一束光,鱼群才鲜艳起来,跃动起来。在光的源头,一名身材曼妙的潜水员戴着潜水面罩,背着氧气瓶,提着强光手电筒。她顺着光路,游出黑暗,点亮了玻璃幕墙。她被困在玻璃框子里，可她又是水底的光，游到哪儿，哪儿便明亮。

玻璃之外，游客们在看着鱼，也看着她。人丛里，段鸿山父女也在。

倏地，那束光停在段鸿山眼前。潜水员贴上玻璃，凑得很近。相隔咫尺，四目交汇，如果没有玻璃幕墙，他们好像就能说上话。片刻之后，潜水员一转身，游进了黑暗。

段滢好奇地问："难道这个人认识爸爸？"

段鸿山没回答。

认识还是认识的。

潜水员背着一条死掉的鳐鱼上了岸，把鱼甩在地上。摘下面罩，是梅筝。把死去的鱼捞出来，让海水保持洁净，这就是她的工作。和询问室里的样子不同，她头发湿着，脸庞湿着，眼睛也湿着，散发着异样的美。

同事问："你今天游的路线有点儿变化啊，有认识的人？"

梅筝一笑："上辈子的事了。"

丁一和刘少兰也找到了梅筝名字的所在。

联席会议上，听宫平提到十四年前的案子，他们就心存疑惑，于是笨鸟先飞，找出案卷来比对。这起案子此前刘少兰多少知道一点儿，是段鸿山和前妻雷月一起办的——那时他们还没结婚,所以能一块儿办案。本来去问雷月最快,但他们怕雷月,都不敢,所以只能到档案室翻拣。

所幸有时间范围,不难找。这起案子发生在二〇〇五年六月二十八日,地点是武岩三中图书馆。两个高中生冲突,引发了流血事件,检方最终定性为防卫过当。以当时的法律环境看,这么定性没有什么不妥,那宫检为什么耿耿于怀,专门提点呢?

随后,便有了答案。

证人签名是梅筝,一模一样的字体。

时隔十四年,正当防卫案的证人再次成了正当防卫案的证人!

询问她的,当然是段鸿山。难怪宫检会要求将两个案子进行对比。宫检都认出她了,段检没认出来吗?

回家的路上,段滢在车里睡着了。

趁这个工夫,段鸿山停下车,看了一阵子夕阳。

天地都染上了红色,像披上了一层透明的幕布。幕布之后,城市就像一个巨大的剧场,每一个人都是剧场里的演员。他们喧嚣,他们骚动,有人直升天堂,有人坠入地狱,总归都在痴人说梦。

段鸿山很喜欢这种感觉,今天却格外不知足,怎么看也看不够。因为他熟悉武岩的天气,今天的晚霞之所以格外瑰丽,是因为空气承载着大量的水汽,让云朵更丰盈。再过两天，云朵盛不住了，整个武岩就会泄下雨幕，从春到夏，在这迷迷蒙蒙的潮湿季节里，人看什么都是模糊的。

直到段滢半个身子探出车窗喊他，他才回过神。

后视镜里，太阳渐渐落山，一点点带走雨季前这最后一抹夕阳。

晚上，段鸿山带着刘少兰和丁一又去了现场，做手电功能实验。

这个城市的人没有什么夜生活，大概九点多钟，就已经睡下了。几天前的命案，给人们提供了谈资，却无法让他们惯常的生活产生一丝波动。

居民楼漆黑，只有陈婷家的灯亮着。晾在阳台上的裙子没人敢动，飘荡在雨里，像抹散不去的幽灵。

段鸿山吩咐丁一去对面楼里做个实验，看看手电筒的光能不能从对面射过来。丁一应了一声就去了。段鸿山和刘少兰站在阳台上等待着。

对面的楼里，洁白的球鞋，莹白的脚踝，在台阶上跃动。

这人速度很快，楼道里的声控灯才一亮，就已经跃过了半层楼，最后停在十四层与十五层之间的转角，像猫一样，一撑一跃就跳到了拐角的扶手上，然后站直了身，即使脚下不是平地，但身姿依然挺拔。

是个女人。她伸手打开了楼道的通气窗，确保自己能看见对面的情况。

刘少兰感慨陈婷运气真不错，这才隔几天，要是案发那天也下雨，梅筝看不见她，可能死的就是她了，也就没有目击证人了。

段鸿山凭栏，楼与楼的距离比他想象中要远一些。他一伸手，抓回一掌雨水，眯着眼看对面："梅筝家是哪一户？"

刘少兰计算道："手电照过来，要正好能晃到张源的眼睛，从角度算的话……"

她话音未落，一束光穿透雨雾，晃到了段鸿山的眼。空中明显浮着光路，像一条丝线，连起陈婷家和对面大楼。

刘少兰拨通电话，夸赞丁一："你跑得挺快啊。"

对面的丁一说："哪里快，我还没到呢。"

刘少兰怔住。丁一没到，那从对面射来光束的人又是谁？

段鸿山凝目看过去，光束是从一道狭窄的窗户缝照射过来的，那里朦朦胧胧显出一个女人纤瘦的身形。可那里并不是梅筝家，而是十五楼楼道的通气窗。段鸿山让丁一赶紧去找人，然而等丁一到达时，人早就走了，只剩下没关的窗户和钻进来的雨雾。

刘少兰猜测道："可能是哪家的记者，迫不及待地跑来挖新闻吧。"

段鸿山摇头："新的证人和证词都在保密，对这个案子感兴趣的，是自己人。"

翌日，宫平让段鸿山过去。

检察长办公室的门开着，窗口站着一个女人，挺拔得像一根竹子，背对着门。段鸿山也没在意，径自向宫平汇报："昨晚又去了一趟陈婷家，让小丁试了一下，潜水手电的光确实可以照过来，而且很刺眼。梅筝的供述，在这方面没问题。"

宫平却说："不忙，我给你介绍一个人。"

"竹子"转过身，是个英气的女人，眼睛像竹叶。市检察院、区检察院都没有这样气质的检察官，但段鸿山觉得她似曾相识。

宫平介绍："这是市院副检察长段鸿山，这是省院员额检察官方灵渊。"

两人伸出手，指尖一沾即散。方灵渊很客气，眼底却没有笑意。

段鸿山说："初次见面。"

方灵渊说："昨晚见过。"

段鸿山一愣——昨夜朦胧浓雾中的那个女人和方灵渊对上了。

方灵渊说："我也去了证人住的那栋楼，十五楼楼道，和证人家就隔一层，六十米距离，这点角度偏差可以忽略不计。梅筝没说谎，潜水手电的光，确实可以照到对面。"

宫平欣赏地说:"小方是仔细人啊。"

虽然站得很近,但段鸿山能感到方灵渊在跟自己保持着微妙的距离。他索性用一句话来缩短这个距离:"省院直接派人下来,是觉得陈婷案还有问题?"

他很奇怪,省级检察院与市级检察院有业务上的交叉,但总体管辖范围不同。在刑事案件上,市级检察院是对市内影响较大的案件进行管辖。一般情况下,省级检察院在办案阶段不会对市级检察院进行干预,除非案情重大或者存在较大舆论风波。可武岩市只能算座中型城市,一起杀夫案怎么会惊动省级检察院?

方灵渊也直截了当地问:"直接定成正当防卫,是不是草率了?"

段鸿山说:"张源持刀闯入陈婷家,根据存疑有利于被告原则,有不法侵害的目的,再加上证人证词,出于法理人情,正当防卫是最妥当的判断。"

方灵渊反驳:"张源失去抵抗能力后,陈婷为什么要补刀?这难道不是对张源生命的侵害?"

段鸿山笑了,说:"方检察官刚来,可能是看得急,漏看了。按陈婷供述,张源从进门开始就殴打过陈婷,后续的十几刀,也是为了防止张源继续实施侵害,应当视作整体行为。"

"正当防卫条款的苏醒,确实是要保护每一个受到伤害的人。"方灵渊的语气渐渐地带上了火药味,"但检察官不能沽名钓誉，把什么事都往正当防卫上归。"

段鸿山也起火了，反问："那方检察官认为本案是故意杀人？"

宫平打圆场："这就是私下议论，都别太较真。"

段鸿山说："我们这是在了解彼此，一场争论可能是两个心灵之间的捷径嘛。"

方灵渊不接话，语气严肃又有点儿生硬："比故意杀人更严重。我甚至有一个假设，可以确知，陈婷家里曾经出现过第三者。这个第三者虽然没有在行凶现场，但并不代表他对这场凶杀没有干预。他很可能是一个对法律非常熟悉的人，并利用对正当防卫条款的理解，设计出了这一整套谋杀！"

段鸿山问："就算真有这个人，他怎么能确保一定成功？你觉得梅筝和陈婷是串通好的？"

方灵渊耸耸肩："也许是梅筝，也许另有他人。"

段鸿山问："你的结论是怎么得来的？"

方灵渊继续说，语气更硬："陈婷和梅筝曾是一起案件的共同当事人。二〇〇五年六月二十八日，武岩三中发生过一起杀人案，当时此案的焦点，就是算不算正当防卫。陈婷和梅筝都是当时的证人，所以她们之间早就认识，也都清楚正当防卫这个法条。而当时案件的主办人员，是检察官段鸿山和助理检察员雷月。过去的当事人，现在又成了新的当事人。陈婷案的关系人都是二〇〇五年周林死亡一案的关系人，这太过巧合，所以我有理由怀疑，陈婷正当防卫一案，检察官段鸿山有问题。"

段鸿山没想到箭头突然指向自己，一阵错愕，目光投向宫平。

方灵渊来，自然是打过招呼的。这些话，宫平明显早就听过。

方灵渊客气地笑了，语气也缓和下来："以上，从'我甚至有一个假设'开始，都是举报段鸿山的内容。"

第二章

被别人审判命运的滋味

段鸿山思索着谁可能是举报自己的人。

当方灵渊提到武岩三中杀人案,立即有几个名字在段鸿山心头浮现。他记得自己办过的每一起案子,也记得案件相关的每一位当事人。可是当事人中,周林已经死了,梅筝没理由推翻,陈婷关着……只剩下一个人,就是李沐风。

而李沐风,恰恰是最感谢自己的人。

那起杀人案发生的时候,武岩市的青少年中经常发生斗殴事件,造成人员受伤。公安和检方都想把这个案件办成典型,严惩凶手李沐风,以期对社会起到震慑作用。段鸿山力排众议,将李沐风的行为定性为防卫过当,最终争取只判了四年。

不会是李沐风，但举报人也可能会去接触他。段鸿山决定趁午休时间找李沐风聊聊。

每个城市都有一条工艺品街，武岩也不例外。老街的位置就在检察院与段鸿山家之间，所以不管去哪儿，他都要从老街路过。

玻璃工坊就在这条老街上，橱窗里陈列着各色工艺品，吸引路人踏入这个透明却缤纷的世界。经过前面的店面，就到了后面的工坊。

李沐风正在烧制玻璃。阳光透过彩窗，让他仿佛活在一个斑斓的世界里。他从烧炉里取出一团流动的玻璃，冷却、固定、淬火……所有的斑斓聚拢在这团玻璃上，变成了一只花瓶。

师父在暗影里站着，缓缓点头。段鸿山这才打招呼，师父立刻用手比画回应。他耳朵听不见，不愿意跟世界交流，所以手艺才达到了极高的境界。或许只有他这样的人，才能摒弃一切非议，接纳一个杀过人的人。

段鸿山和李沐风回到了店里，午休时间，店里没客人，四周都是各种玻璃制品，每一件玻璃制品上都倒映着他们的身影。在某些特定的时刻，这间简易的玻璃工坊，会变成童话里才有的世界。所以，段鸿山也会带女儿来，她正是编织梦想的年纪。

段鸿山问了问李沐风最近的生意还有老玻璃匠的身

体，他问什么，李沐风就答什么。两人都笑，语气却疏离。毕竟，段鸿山今天的状态和往常不同。

段鸿山问："陈婷，你还记得她吗？"

李沐风说："忘不掉。"

段鸿山说："最近在处理她的案子，看到新闻了吗？"

李沐风摇头："这些年我和师父一样，只活在自己的世界里。"

段鸿山说："可能是命运，她杀了家暴的丈夫，但主张自己是正当防卫。和你的案子很像。"

李沐风问："那结果一样吗？"

"还没定论。这些年我处理案子的速度变慢了，有了新的感触。那些落在纸面上的字，就像一根根毛线，织成人的一生。一念之差，线就会缠在一起解不开。一想到检察官或许能决定一个人的命运，我就觉得自己有责任小心一点儿，再小心一点儿。"段鸿山说完，转而问李沐风，"我们认识十四年了，你怎么看我？"

李沐风说："如果不是您，今天的我也许会更糟糕。我感谢您。"

段鸿山说："有人举报了我。不光是陈婷这起案子，还有十四年前你的案子。措辞很尖锐，让我不得不重新审视自己，想想段鸿山究竟是个怎样的人。"

李沐风问："您觉得是我？"

段鸿山说："不是你。这不像你会采用的方法。但我想，举报人既然搜罗了关于这起案件的一切内容，就不会不来接触你。"

"可能接触了，但我不知道。我的过去，就像这些架子上的展品一样，时不时有人来参观。"说到这里，李沐风笑了，"还记不记得十年前您的那场演讲，提到了三种审判？"

李沐风觉得，段鸿山用汉字读音的方式解释时间的审判有点儿啰唆。其实不管读音怎么改，人们还是会像以前那么读，因为习惯了。它们永远都是不同的两个读音，这才是时间真正带给人们的。就像他的过去，没人能忘。

李沐风很坦然，他一直都是个坦然的人。他每说一句话，段鸿山都盯着他的眼睛看，来窥视他的内心。

段鸿山说："有种时间审判的方式，就是让人慢慢忘却这件事。如果不是陈婷案的发生，我们院里的年轻人都不知道有你的这个案子，也不知道问题放在不同的时间段，就有不同的答案。"

李沐风说："放在今天，我就是正当防卫，我会无罪。"
段鸿山确认了，举报人不是他。

他还得面对方灵渊。

他和省检察院的朋友打听了。方灵渊这几年办过些漂亮案子，是青年检察官中的翘楚。方灵渊比他小十几岁，他很清楚这些青年检察官超越前浪的野心。这些年轻人通常觉得，他们已经把案子研究透了，也把人研究透了。

但等到了段鸿山这个火候,他们就会知道,谁也看不透谁。

段鸿山的荣誉摆了整整一面墙。方灵渊所面对的,就是这样一堵高墙。她从最早的奖状看起,二十年前的,十八年前的,从十六年前开始,每一年都有新的荣誉。二十年间,检察官的职位升了,案子更难了,荣誉也更多了。

方灵渊感慨:"十佳公诉人,我做梦都想拿的奖。"

段鸿山说:"坚持。坚持下去,你一定能拿上。"

方灵渊问他:"对于嫌疑人,你是十佳。可对于受害者,你还能是十佳吗?"

段鸿山感觉到了对面的锋利,随口抵御:"二十年来,我的荣誉是不少,但我收到的举报更多。"

方灵渊问:"是这些案子里的受害者家属?"

段鸿山答:"没有完美的受害者,也没有完美的结案,总会有人不满,没必要追问是谁。"

方灵渊亮出了自己的目的:"陈婷杀夫案还没有定论,明天早上十点,我想跟你做个证言讨论,正式一点的。"

段鸿山说:"后天吧,明天我女儿小升初,要求家长一块面试。"

方灵渊知道,武岩市里需要家长这么严阵以待的学校,只有武岩三中。

方灵渊问:"要考三中?"

段鸿山有点儿意外:"你挺懂啊。"

方灵渊说:"我也是三中毕业的,后来考上了政法大学。"

段鸿山又问:"你是本地人,怎么没回来?守家在地多好啊,而且市院的办案实务可要比省院多。"

方灵渊立刻听出了弦外之音,问:"你是觉得我经验不足?"

段鸿山笑道:"我可没这么说。"

方灵渊算了算:"三中的面试早上八点开始,约莫要半个小时,过来检察院的车程大概二十分钟,九点半,你就能回来了。"

段鸿山只好说:"那就十点,会议室见。"

方灵渊说:"为了开好这场证言讨论会,我想去见见陈婷,但程序上我自己去不了。"

段鸿山说:"好啊。我带你去。"

方灵渊第一次来看守所,却走在段鸿山前头。段鸿山发现,方灵渊是一个很喜欢走在前面的人。

在过来的车上,两人没聊什么案件相关的事情,段鸿山一直在打听三中入学的情况。对于要接受调查,他似乎不放在心上。快到讯问室,段鸿山还抓紧问了一句:"如果分数线就是擦边,是不是也有考进去的希望?"

方灵渊说:"三中没那么难,也没那么好。"

段鸿山突袭:"那陈婷和张源,你当时认识吗?"

方灵渊的脚步一顿，发现自己还是轻看了段鸿山，一路上关于三中的所有话，都是段鸿山对自己的试探。她很慎重、很慎重地回答："我们不是一届的。"

段鸿山倒随意了，就好像刚才只是无心一问，随口说："这样啊。"

此后，他没再追问下去。只是一问一答之间，他已经走在方灵渊前头，推开了讯问室的门。

陈婷坐在讯问室那头，看见进来的人，目光一颤。段鸿山捕捉到了这细微的表情变化，察觉到陈婷的目光穿过自己，紧紧盯住了身后的方灵渊。

段鸿山介绍："这是方灵渊检察官，省检察院下来的，帮忙调查你的案子。"

陈婷很紧张："为什么还要查？该说的我都已经说了。"

段鸿山安抚道："别紧张，只是核对一下细节。"

陈婷定下神来，问："我什么时候可以回家？"

方灵渊这才开口："看来你已经准备好回家了。"

陈婷一愣。

方灵渊追问："头发梳得不错，要在看守所里找到梳子、镜子不容易吧？"

陈婷答："这是我的习惯。"

方灵渊再问："你一直在里面关着，这几天也没有过会面记录，你怎么就这么笃定，你一定会被无罪释放？"

陈婷回答："他们告诉我，有目击证人。"

方灵渊意味深长地说："目击证人说的话，也有可能害你。"

陈婷激动地想反驳，却又不知道该说什么。

段鸿山接住了这句话："梅筝的证词，确实证明她是正当防卫。"

陈婷立刻有了底气："不管她说了什么，我都是无罪的！我没有犯罪，我当然可以回家！"

方灵渊审讯人，一向有自己的节奏。可是，段鸿山一句话就扰乱了她的节奏。是有心，还是无心？来不及判断，她只能重新起一个头："你养的鱼，是什么品种？"

陈婷面露难色。

"不知道是吗？我告诉你，是蓝曼龙鱼，尽管是热带鱼，但根本受不了阳光直射，你却把鱼缸放在窗台上。"方灵渊站起身来，俯视着陈婷，"你就是打算杀了它。"

它，还是他？

出了看守所，段鸿山说："刚刚你和陈婷的状态，可不像是不熟。"

方灵渊说："是你的错觉吧？"

段鸿山说："见到你，她反应很激烈。"

方灵渊平静道："来调查她的案子，她当然反应激烈。"

她反过来观察段鸿山，刻意问："十四年前，学生杀人的那起案子是你亲自办的，和她也不该不熟。以你的经验，应该不会遗忘吧？"

段鸿山说："武岩不大，如果认识的人都得回避的话，就没有检察官能办案了。"

方灵渊说："我能不能搭你个便车？"

段鸿山问："到哪儿？"

方灵渊说："水族馆。"

梅筝不认识方灵渊，但认得她胸前的那枚检察官徽章。

梅筝客气地问道："怎么称呼您？"

方灵渊说："姓方。"

来的只有方灵渊自己，段鸿山没跟来。

梅筝大概已经猜到她的来意，说："方检您好，是陈婷的案子还有什么问题吗？"

方灵渊纠正道："我只是一名普通检察官，别叫我方检，到段副检察长那个级别才会被称为'段检'。我来，是想和你核对一下证词。"

梅筝好奇："不需要去检察院？"

方灵渊道："不用了，就随便聊聊。"

每接手一个案子，方灵渊都会背下所有的证人证言，在一次次的默然复述里，她能最大幅度地接近嫌疑人、证人当时的状态。这是她处理案件的独特方式。此时，她又在脑海里翻开了卷宗，阅读梅筝的证词。

方灵渊叙述道："当时你的证词是，'我想，如果他们都看见了这道光，或许就会住手了，或许他们的人生就会回到从前……我太天真了，竟然想用一束光，把两把刀分开'。"

"您都背下来了？"

方灵渊没有理会梅筝，继续道："陈婷的口供是，'洗衣服需要二十八分钟，就在这二十八分钟的时间里，我的人生一下脱轨了，撞进了泥坑里，肮脏、混乱、血……那一刻我就只想把洗好的衣服晾干。衣服干净了，我的人生也就能回到以前了'。"

依旧一字不差。

梅筝不解："我不知道陈婷的口供，这和我有关系吗？"

方灵渊说："分开刀的光，撞进泥坑的人生，出事之前，你读的文学系，你应该听得出来这些句子的用词、结构非常相似，就像是同一个人的手笔。"

梅筝转头看向水底，说："我已经很久不读书，早就忘了。"

方灵渊说："所有语言和文字，只要进了检察体系，就都是证据。"

梅筝没了耐心，强调道："所有证词都是我看到的真实情况。"

方灵渊抓住时机，点出："你和陈婷认识。"

梅筝冷静回道："我是认识，我是她的邻居，是她的目击证人。"

方灵渊补充道："我说的是，你们在这之前就认识。你们都是三中毕业的。"

梅筝无奈道："三中每届学生都有三四百人，真不认识。"

方灵渊笑了："那你还记不记得，十四年前你亲历的图书馆杀人案？"

梅筝纠正道："是图书馆正当防卫案。"

"当年，你在图书馆遭到周林侵犯，经过现场的李沐风在救你时，遭周林殴打，反击中杀死了周林。这是你为李沐风做出的证言。你这段证言的可信度，成为案件定性的关键。但随后的品格调查中，另一个证人指出，你并不诚实。她是这样形容你的：'梅筝就是个婊子，装出一副人畜无害的模样，背地里四处勾引男人。不只有周林，还有李沐风！'"

梅筝面露不悦："我不想回答你的任何问题。你有需要，从检察院发文传唤我。"

说完，梅筝转身就走。

方灵渊问："你想知道说这段话的证人是谁吗？"

既然方灵渊这么说，那么答案不难猜到。

"是陈婷。当年她的证词引发了舆论，人们都认为是你脚踏两只船，同时与李沐风和周林交往，导致他们互殴，周林死亡。最终结果是，李沐风进了监狱，而你被困在流言里，从大学退学，不敢做抛头露面的工作，只能藏在水底。"

梅筝回头，眼睛湿了。

方灵渊追问："现在你还坚持在陈婷案里的口供吗？"

方灵渊回到检察院，开始调阅卷宗。她是临时来的，没有办公室，只能将就着用会议室。

刘少兰抱着"李沐风涉嫌故意杀人案"的一摞卷宗进来，卷宗比方灵渊想的更厚、更沉。虽然方灵渊是检察院的内部人，但是她在看卷宗的时候也得有人盯着。

刘少兰进来时，方灵渊正在手机上看视频——铁板上煎着五花肉，一按压，一翻面，冒出油花。吱吱的烤肉声，源源不断地从手机里传出。

刘少兰："在外面听见这声响，还以为你这里吃上了。"

方灵渊笑："看案卷的时候，我习惯听着点儿声音，又不敢吃太饱，我爸总说，人在做判断的时候，要带三分饥与寒。"

刘少兰好奇："怕影响思考？"

方灵渊说："也能督促我快点儿。不过就是辛苦你了，一晚上都得陪我耗在这儿了。要不我给你点个外卖吧，你想吃点儿啥？"

刘少兰说："不用。正好我也有别的案子要加班。比熬夜这事，我也是不会输的。"

刘少兰在方灵渊身边坐下，显然也是一副要打持久战的架势。

方灵渊会意，翻开卷宗，看了几页，忽然问："你们段检看卷宗，一般都有些什么习惯？"

刘少兰介绍："段检说，办案子就像画一个圆。圆这个东西特别常见，也最不好画，但还是要让它尽量规整。"

方灵渊说:"但你们段检这次的圆,口收得可不好。"

刘少兰不服气:"我们段检也说了,世上没有完美的圆。"

方灵渊说:"也没有完美的犯罪。"

刘少兰转而问道:"听说你来,是为了调查举报段检的事?"

方灵渊说:"谈不上调查,就是先了解了解情况,也许这一本案卷翻完,我就回去了。"

两人不再说话。自始至终,刘少兰的眼睛,没离开过方灵渊;方灵渊的眼睛,没离开过案卷。

段鸿山经过会议室门口,在门口小驻时,她们都没有注意到。

段鸿山习惯走路上下班。单位离家不远,一程下来,二十几分钟,其间他既非公家人,也不是女儿奴,是难得的私人时间。沿途白天时挺热闹,但路上没饭馆,晚上过了八九点,整条街就暗了。

一辆车缓缓跟着段鸿山,他没有在意。

电话响了,来电只显示号码,没有名字。段鸿山略一犹豫,还是接起来了。

对面是梅筝,她问段鸿山:"今天能不能见一面?"

段鸿山为难道:"今天还要处理一点儿事情,要不要换个时间?"

梅筝却很坚持,她望着对面陈婷家阳台上飘荡的白裙子说:"一定得见面,多晚都可以。"

最终,段鸿山同意了。

段鸿山继续往前走着,发觉后面那辆车依然跟着他。最近,他总觉得有人跟着他,但跟得这么近还是第一次。

是举报我的人吗?

车到了段鸿山身后,段鸿山回头,逆着车灯,试图要看清跟着他的人。

是丁一。

丁一探身招呼道:"段检,您刚才打电话我没敢惊扰您,明天不是要早起吗?我送您回家吧?"

段鸿山看了看表:"我还有点儿事,你快回吧。"

丁一开车掠过段鸿山的时候,往后视镜里瞥了一眼。看着里面有一些变形的段鸿山,丁一觉得段鸿山跟以往格外不同。

车一走,小街暗下来,段鸿山独自留在夜色中。

另一头,梅筝往约定的地方走,走得很小心。她不走大街,只走小巷,确保自己走在阴影里。路过摄像头的时候,会压低帽檐,遮住脸孔。

约定见面的酒馆氛围不错。碧蓝窗户映出窗外的夜,大大小小的鱼儿从夜色里游过。原来,这是一间拥有鱼缸窗户的小店。梅筝坐在靠窗的位置上,看着鱼,有点儿入迷。

她边喝酒边等待,直到酒馆打烊,人也没有来。

她再打段鸿山的电话，无人接听。

方灵渊看完卷宗再出来，已经是第二天清晨了。她跟刘少兰一起把卷宗送回档案室。

刘少兰说："十点就开会了，要不要洗把脸，休息一下？我抽屉里有护肤品，还有牙刷。"

方灵渊没回话。刘少兰一回头，看见一只肥墩墩的野猫在蹭方灵渊的脚。

刘少兰笑了："饿了一晚上吧？"

方灵渊问："你们院里的野猫？"

刘少兰说："对，它叫喵检。平时没见它这么黏人。"

野猫蹭了蹭方灵渊的裤脚。刘少兰摸出一袋零食，方灵渊接过来，捧在手里喂给野猫。猫的舌尖舔在她手上，麻麻的。

刘少兰看着说："有没有人说过你挺像一只猫的？"

开会前，方灵渊抢着洗了把脸。早上的水很冰，她一下就清爽多了。

隔间里传来检察官们的闲聊声，话题正是段鸿山被举报的事。段鸿山是市检察院的副检察长，他出岔子，等于是市检察院出岔子。大家都很担心。

方灵渊赶紧擦擦脸，溜了。

证言分析会开始了，每个人都坐在自己的名牌后，除了段鸿山。

大家觉得，段鸿山可能还在陪孩子面试，等不及，就开始了。

方灵渊翻开图书馆杀人案的卷宗："这是李沐风涉嫌杀害周林一案的卷宗，案子大家也都了解，十四年前，某大学在武岩的招生宣讲活动期间，两名学生为一名女孩打架斗殴，致一人死亡。当时，这起案子之所以充满争议，是因为嫌疑人李沐风的主观方面有多种猜测，有见义勇为、自我防卫和激情杀人三种说法。其中，有两个证人证言影响了最终的结果。我给大家念念。"

方灵渊把卷宗里梅筝和陈婷的证言一一列举，指出两人语言方式习惯的巨大差异。随后，又将这次陈婷杀夫案中，两人证言语言习惯的高度相似之处做了详细比对。

方灵渊持续强调："陈婷还说：'我也不知道为什么会刺十七刀，那一刻我整个人是蒙的，我以为我只刺了一刀，可警察说，是十七刀。警察不会说谎，那一定是真的。以前上学时，他比我高一届。他打我很疼，一拳下来我就没有一点儿力气了。我要是只刺一刀就好了，只刺一刀，我应该就是正当防卫。'而梅筝呢？她怎么描述当时的情景呢，她说：'一片黑，但陈婷家的灯亮着，周围都黑漆漆的，就他们家亮着，像一个电视屏幕，在上演着最激烈的剧情。我视力很好，能看见男人拿着刀，女人也拿着刀。'陈婷说了两次十七刀，梅筝也说了两次陈婷家亮着灯。"

有人反驳："破案推理不是检察官的任务，审查文字更不是。检察官的任务，是根据证据审定、判出一个结果。无端的猜测并不能说明什么。"

方灵渊说："如果别人没发现，倒是情有可原。但段检横跨两起案子，亲自询问过十四年前的梅筝和陈婷，他为什么没发现？或者，他发现了，却没说？"

语言本身也是一种证物，这下大家都不由得怀疑，段鸿山没能发现这点，恐怕另有隐情！

雷月的好友罗检说："用几句证词、几个暧昧不明的字，就冤枉一个检察官，是不是太武断了？"

段鸿山是中生代检察官中坚人物，也是新生代检察官们的偶像，愿意去支持和维护他的人当然不少。

这些反应当然都在方灵渊的意料之中，她对着在线会议上的检察长宫平问："宫检，您早就注意到这个疑点了，您说说吧。"

罗检一下回想起，检察官联席会议那天，宫平让段鸿山把十四年前的案子拿出来做个比较，参详参详。

宫平那天点到为止，今天也没有给出明确意见："落在实地的文字，才恰恰能反映我们忽略的地方。武松斗杀西门庆，明明该是仇杀，阳谷县的县令却用了个'斗'字。一字之差，就把一场故意杀人，判作意外斗殴，留住了杀人凶手的命。这就是文字的作用。"

意见不明确，但态度很明确。现场的人，都清楚宫平的意思。

随后，宫平马上把决定权抛给了线上的另一个人："刘检，您怎么看？"

刘检就是方灵渊在省检察院的直属上级。这场会，居然有检察系统省市两级领导关注！

会议那头的刘检只问了一句："段鸿山人呢？"

方灵渊开会的时候，梅筝在门口站了许久，都没能鼓起勇气走进检察院大门。

隔着玻璃，她能看见墙上的毛笔字：公正勤廉。

十四年前，她也来过这里，被警察和检察官领着，走进这扇门。可再出来时，她的命运便彻底改变了。

梅筝的目光掠过行色匆匆的工作人员，他们统一穿着黑西装，打着红领带，只是在梅筝眼里，黑的冰冷，红的刺眼。那红黑两桶颜料仿佛在门对面等着她，只要她一脚踏入，就会猛地泼到她身上，色彩混乱、交错之后，她再也找不回原来的自己。

会面室里，方灵渊逗弄那条蓝曼龙鱼，她一敲玻璃鱼缸，鱼儿便受惊地晃动尾巴。

梅筝提醒方灵渊："你这么做，会吓到它。"

"我怕它死了，得时刻给它敲一敲警钟。"方灵渊并不理会梅筝的劝诫，像一只贪吃的猫，逗弄着她的猎物。

方灵渊问道："为什么找我？"

梅筝说:"我想问一问陈婷的事。"

方灵渊问:"是陈婷的过去、现在,还是未来?"

梅筝一时也说不清自己想问什么,只说:"如果我翻供,陈婷会怎么样?"

方灵渊告诉她:"翻不翻供,你应该基于你看到的事实,而不是一句假设。"

梅筝有点儿激动地说:"事实有那么重要吗?陈婷当年说的也不是事实,可还是被记录在你们的卷宗里,作为关键的证据,留存了十四年。"

方灵渊听出梅筝的弦外之音。她告诉梅筝,自己也是三中毕业的,那起案子闹得沸沸扬扬,她能想到梅筝经历了什么。

梅筝说的时候,很淡然,像在说别人的事。案子发生在高中,对大多数人来说,中学时期的爱情是禁忌,更别提两个男孩为了爱情斗殴致死。而她,成了红颜祸水,勾引男人,害死男人。

媒体为了博眼球,追到大学采访她,消息传遍了学校,同学、舍友都把她当成帮凶,孤立她。她实在坚持不下去,就休学了。她也曾做过普通工作,还交往了男友,可到了谈婚论嫁时,男友突然收到了一封信,上面全是对她的毁谤,还附上了案件相关的新闻。这件事后来又传到了她工作的公司。她逐渐发现,自己每去一个新的地方,遇到新的朋友,这件事就一定会被翻出来。

方灵渊说:"时间洗不掉一切。所以你选择去水族馆,遮住脸，做一个潜水员。"

这一句，让梅筝眼里起雾了。她无奈道："已经不能继续当一个人，只能去做一条鱼，躲在鱼缸里，看外面的世界。"

"是谁把你拉出那个世界，为陈婷做证的呢？"方灵渊又问，探究着梅筝的心，"你和陈婷是不是共谋？段鸿山极力给陈婷定性成正当防卫，他跟你们的计划有没有关系？"

"没有。"

"是哪个没有？没有共谋，还是没有关系？"

梅筝没有回答，而是看了看时间说："到点了，我要回水族馆上班了。"

临走时，方灵渊还是觉得奇怪，便问梅筝："为什么找的是我，而不是段鸿山？"

梅筝说："我昨天约了段鸿山见面，段鸿山没来。再找，就找不见了。"

梅筝走时，方灵渊发现外面已经乱成一团，像是出了事。她撞到丁一和刘少兰，一问才知道，是段鸿山的前妻雷月来了。

起因是今天早上，段滢在等着爸爸段鸿山去面试。他迟迟不到，段滢以为他在加班。可面试时间都过了，人也没来。

这边听证会结束后，丁一负责找人。电话打过来，段滢才知道爸爸也没去检察院。两边一对，她着急了，赶紧赶到妈妈的律师事务所。

段滢一头扑在母亲怀里哭着说："爸爸不见了。"

段滢一向成熟，雷月很少见孩子慌张成这样。

雷月问段滢："是什么时候的事？"

段滢说："昨天晚上我想等他回来，可没等到就睡着了。今天早上，他的床铺还和昨天一样，我打他的电话，没有人接。"

雷月拨出电话，也是无人接听。

段滢又说："今天上午是三中的小升初面试，他答应我会跟我一起参加的。"

雷月问："他答应你了？"

段滢说："爸爸答应过我的事，从来没有失约过。"

当年，因为实行员额制，检察官助理不能再主办案件，雷月毅然决定离开检察院当律师。按规定，夫妻俩不能在同一区域工作。她就干脆地跟段鸿山离了婚。那时，因为律师事业还没起步，她就放弃了女儿的抚养权，选择了孤身创业。

这些年，雷月挣了不少钱，已经是小有名气的刑辩律师，一直想把孩子要回来，可又没有什么合适的理由。不管段鸿山是因为什么没有出现，这件事都是她要回孩子的好时机、好借口。但她转念一想，以段鸿山的性格，不会两头失约。

雷月得出一个结论："出事了。"

雷月直接找上检察长宫平,他也是她在检察院时的老领导。

宫平一看雷月:"手表换了,又挣上钱了?"

但雷月没空跟他兜圈子:"段鸿山失踪了。"

"失踪?"宫平有些疑惑,"段鸿山不是去参加小升初的面试了吗?"

丁一说:"他没去,家里没人。"

"那是查线索,去案发现场了。"

"凶手自首,证人做证,陈婷杀夫案明明白白。早上联系不上,昨晚可能就没回家。"雷月有着自己的判断。

"一个四十多岁的大男人,出得了什么事?"宫平还是觉得雷月大惊小怪了。

"我和段鸿山认识二十年,结婚十三年,他从来没有迟到过。他是工作狂、不顾家,但他是个负责任的检察官,更是个负责任的爸爸。只要是跟滢滢有关的大事,他绝对不会缺席。"雷月把手机递到宫平面前,不容置喙,"报警吧,段鸿山一定出事了。"

接到报警,公安立即出警,整个检察院也都行动起来。

方灵渊是省检察院过来调查段鸿山被举报事件的,此时段鸿山失踪,她最紧张,关联也最大,所以她比谁都更急切地想找到段鸿山。他失踪是因为举报人挟私报复?但既已举报,又何须报复?还是他自己畏罪潜逃?但他的问题最多被记过,又何须潜逃?如果段鸿山失踪真和这次举报事件有关，那看来案件背后还有更深的未知。

　　出于人力考虑，警方给检方提供了一部分监控，双方共同排查。方灵渊、丁一、刘少兰临时组成搭档，开始寻找段鸿山。

　　按照公安提供的监控录像，段鸿山昨晚从检察院下班，就按往常的路线回家。丁一记得，昨天晚上他遇见了段鸿山，想送他回去，却被拒绝了。他当时刚走过一家关了门的旧书店，也就是说，段鸿山是在那之后出事的。

　　老街很长，段鸿山经过书店后，又左拐进了一条小巷。于是，方灵渊他们跟着监控录像，经过书店，拐进小巷。这条街段鸿山每天都要经过两次，他几乎没有停留。于是，方灵渊他们也没有停留。

　　监控里，段鸿山最后一次出现，就是在这条老街上。他们商量分头去找，挨个进店，去查看店里的监控。

　　方灵渊进的，是一家玻璃工坊。风铃声响起来，玻璃相撞，是彩云易散琉璃脆的声音。

　　眼前是一列列玻璃工艺品，一眼能望穿，却又因为多变的色彩让人望不穿。方灵渊问了两次"有人吗"，都没有得到回应，工坊里面寂然无声。

　　玻璃那么好看又那么脆弱，方灵渊看见架子上有一只玻璃猫，忍不住抚摸猫头。小猫晃了一下，方灵渊吓了一跳，赶紧缩回了手。

"那是一只花瓶。"屋子深处，有人走了过来。是个高高瘦瘦的青年男人，正在用毛巾擦着自己湿漉漉的头发，眼神有点儿忧郁。他走过来，从旁边拿起一朵小花，插在猫咪的头顶，然后说："你再摸摸看看。"

方灵渊说："我怕摸坏了，贵吗？"

男人说："都是我和师父做的，工艺品就是卖个缘分，喜欢可以打折。"

自他走出来，方灵渊就一直盯着他的脸，像是久别重逢。

"养花就算了，我总是忘记换水。有没有又漂亮又结实的鱼缸，这么大的。"方灵渊比画着。

男人带她看鱼缸，方灵渊挑中了一个。男人夸她有眼光，方灵渊则透过鱼缸看着男人问："这和你卖给陈婷的那个，是不是一模一样？"

男人的身影一晃，和十四年前那个杀人少年的身影，重叠了。

李沐风。又一个相关人，方灵渊的眼睛亮了。

她的眼睛有多亮，他的眼睛就有多忧郁。

李沐风的身影被周围的玻璃给割碎了，他缓缓说："陈婷的案子，我在新闻上看见了。她和我是一个高中毕业的，可我们不熟悉，毕业后我再没见过她。这里的所有鱼缸，都会被送到武岩的市场商店里，我根本不知道会被谁买走。"

方灵渊问:"那段鸿山呢?"

李沐风说:"这份工作是他帮我介绍的,他有时会带女儿来。"

方灵渊问:"昨天晚上,他来了吗?"

李沐风说:"昨晚没有。"

方灵渊说:"他失踪了。"

李沐风平静下来,问方灵渊:"所以呢?你觉得他失踪和我有关?"

李沐风没再说话,而是带方灵渊去看了店里的监控。方灵渊选了丁一最后见到段鸿山之后的时间段。

视频里,是幽暗的夜。那时正是夜晚,没人走动,画面静止在幽暗的黑色里。方灵渊和李沐风谁也不说话,一起凝视着静谧。时间码在飞速地跳跃,而静谧始终不变。直至看到一个身影从监控画面中闪过,方灵渊赶紧喊停。

他们以正常速度回放监控视频。段鸿山走到橱窗前,向着橱窗里深深地看了一眼。这一刻,监控里的段鸿山和监控外的方灵渊、李沐风对视,直到他离开,画面再次陷入幽暗的静谧。

段鸿山并没有走进来。望向玻璃工坊里的那一刻,他在想些什么?

方灵渊问:"他在看什么?"

李沐风说:"我不知道。是不是只要进过监狱,就永远都是罪犯?我犯过一次罪,就要被怀疑一辈子?"

方灵渊躲开了他的眼睛，她有点儿害怕那深邃的忧郁。

因为这是段鸿山失踪前留下的最后一处痕迹，所以警方要求李沐风去公安局配合询问。

方灵渊陪他走出玻璃工坊，想起十四年前李沐风在学校被逮捕的场景。当时也是雨季，雨丝纷纷扬扬，她在人群里撑着伞，看着被从图书馆里带出来、浑身淋湿的少年。方灵渊想了想，打起伞遮住李沐风的头顶。李沐风看了她一眼，眼神里仍是没有一丝温度。

警车走了，以防万一，警察在玻璃工坊里也进行了搜证，看看有没有段鸿山留下的任何痕迹。

老街的街坊们不知道具体发生了什么，只知道有检察院的人在这里徘徊了大半天，像是在找人，玻璃工坊还有警察进进出出。口口相传之下，就成了李沐风又闹出了案子。

距离报案已过七个小时，还是没有找到段鸿山。

段鸿山睁开眼时，看见的是黄昏，听见的是海浪。想动，却发觉自己被捆住了，身后应该是铁栏杆。四周都是一人高的铁网，以及一条只容一人经过的甬道，像个迷宫。

结合海浪声，段鸿山迅速判断出，这是某个养殖黄鱼的渔场。这种规模的渔场，武岩市应该有七八个，不知道这里是哪一个。但毫无疑问，自己被人绑架了。

在段鸿山经手过的案例中，绑架案有两起。他从中得到的经验是，绑架者说出的第一句话，往往暗藏了他的目的。在第一时间清楚目的、辨别绑架者身份，是生存下去的关键。

远处捕鱼的男人，逆着夕阳向他打招呼："段鸿山，段检。"

男人走过来，个子不算高，背微微佝偻，身材很壮实，头发已花白。

段鸿山问："从绑我到现在，过去了多久？"

男人说："这里是海上的法庭，我是法官，负责审判你的罪行。"

"我可以先计算你的罪行。你以暴力手段劫持我，对我进行囚禁。根据《中华人民共和国刑法》第二百三十九条，以勒索财物为目的绑架他人的，或者绑架他人作为人质的，处十年以上有期徒刑或者无期徒刑，并处罚金或者没收财产；情节较轻的，处五年以上十年以下有期徒刑，并处罚金。"

男人说："没有人知道你失踪了。"

"今天早上八点，我应该出现在武岩三中陪女儿面试。上午十点，我应该出现在检察院的证言分析会上。我的家人、同事看到我没有出现，一定会报警。你没有立即杀死我，说明你有其他的目的。不管你想干什么，留给你的时间不多了。"

随后,段鸿山猛地朝栏杆上一撞,铁丝划伤他的额头,鲜血滴下。

"这里是渔场,无论是哪个渔场,都会有渔民过来,现在这里留下了我的DNA,即使你杀死我,也无法抹掉我留下的痕迹。你把我逼到绝路的这一刻,我也在寻找你的绝路。留给我们的时间都不多,我想跟你做个交易。"

男人问:"什么交易?"

段鸿山决定赌一把:"我是一个优秀的检察官,处理过几百起刑事案件。你放了我,我不报案,我帮你消灭掉这起罪行的所有证据。我帮你脱罪。"

男人笑了:"好交易。可惜我得了癌,快要死了,这个交易对我没用。你真是一个擅长交易的检察官,你跟多少人做过这种交易?十一年前,南山路持刀伤人案,你认为凶手是先被袭击,为自卫而反击,定性为防卫过当。你收了什么好处?还有五年前的贪污受贿案、三年前的流氓伤人案,你自己数数,你手上出过多少起重罪轻罚的交易?"

段鸿山反驳道:"没有交易,每一桩案子我都很谨慎。因为我们办的不是案子,而是别人的人生。"

男人瞬间被激怒了:"你以为自己是神?高高在上,决定别人的人生?你连自己的命运都看不见!现在,我就让你尝一尝被别人审判命运的滋味!"

男人拽出一个架着手机的支架,把镜头对准段鸿山的脸,说:"各位看见了吧?这就是武岩市检察院的副检察长，段鸿山。二十年来，他就是这样帮别人脱罪的。什么正义、公平，都是放屁！"

屏幕上，一场直播正在进行，主角就是段鸿山。随着进入直播间的人越来越多，段鸿山的神色也越来越惊慌。

"如果觉得你无罪的人多，我就放了你。如果觉得你有罪的人更多，我就杀了你。大家来给我下个决定，在下决定之前，大家一定要记得，你们下的不是决定，而是段鸿山的人生！"

面对这样一场网络狂欢，参与者会下怎样的决定，段鸿山再清楚不过。他再也没法镇定，只能喊："是他绑架了我，犯罪的人是他！我没有罪！"

男人给段鸿山读起了直播间的弹幕评论。

"这些贪官，就应该杀了他们。"

"还以为你是官呢！脱了那身皮，你什么都不是！"

"既然法律不能惩罚他，就让我们来制裁他！"

"这个人罔顾老百姓的性命，根本不配当一个检察官。"

"法律只保护有钱人，不保护我们这些老百姓。"

段鸿山反驳："不，法律保护所有人。"

男人说："以前，我也是这么相信的，直到我看见你保护了杀人犯！"

段鸿山追问："你到底是谁？"

男人说："你不知道我是谁，可见你办了多少错案！你一件件说吧，说到我那件案子时，我会承认的。"

段鸿山说："告诉我是什么案子，我们重新去查。如果真有误判，我们一定会给你一个交代。"

男人说："你慢慢想，一会儿我再回来问你。我去岸边挖个深坑，要是你有罪，我就把你埋到坑里，要是大家都说你无罪，我就把自己埋到坑里。"

那人转身走了，渔场上只剩下段鸿山一个人，这是他能逃命的最佳时机。他的手被反绑在身后，手机不知道被丢去了哪里，好在手表还戴在腕上。段鸿山扭着唯一能活动的手指，用手表上的零件一下下地磨着绳索。

不知过去了多久，段鸿山终于磨断了绳子！段鸿山想逃走，却想起了还在直播的手机，那将是证明他被绑架的最重要的证据！他跑回去想要拿手机，可那个男人已经回来了，拿着刀，挡住了他。

夕阳依然浓烈，雨点却从天空中落下，这是梅雨季节时，武岩地区最奇异的景观。

雨滴打在车窗上，模模糊糊之间，能看见驾驶员面颊上的血迹。车载音响播放着郑智化的《沉默的羔羊》，播完一遍，再循环一遍，像是没有尽头。

但路是有尽头的，终点是武岩市断柯镇派出所，这是他记忆里最近的派出所。

他是去报警的，也是去投案的。因为他杀了人。

一天之前，他还是一名优秀的检察官，而现在，他也不知道自己将会成为什么。

他叫段鸿山，是个迷路的人。

第三章

嫌疑人第一句话是迷宫的入口

李沐风离开公安局的时候，天已经亮了。对他的询问本来能很早结束，但后来询问的方向突然发生了改变。比起对他的追问，警方似乎更想知道段鸿山是个怎样的人。

门外的雨淅淅沥沥，他没有伞，也不想找人借，打算顶着细雨往回走。

此时一辆警车驶进院子，在不远处停下，戴着手铐的嫌疑人下了车，被警察押着，迎面走过来。李沐风避不开，目光和嫌疑人的目光撞到了一起。是段鸿山。段鸿山神色木然，像是什么都没有看见。

路很窄，李沐风只能跟他擦肩而过。

他走进雨里，不想回头。他觉得，段鸿山一定不想让任何人看到他这副模样。

段鸿山过去联合办案时，经常来公安局的审讯室，但坐在禁制椅上，还是第一次。单面镜后面，应该会有不少人在看吧。

审讯员的嘴在动，声音却像是从另一个空间传来的，听不真切，但大约能猜出来，无非在询问他与死者的关系、杀人动机等。

大约是看自己没有反应，审讯员质问道："你为什么要杀他？你们是什么关系？"音调拔高了，但依旧毫无感情。

段鸿山仿佛回到了二十多年前。读大学时，老师讲案例，就是这样的声调。他好像没在听自己的案情，而是在思考课后作业。他思考着，也始终沉默着，仿佛从被押进这间屋子起，就打定了主意不再开口。

终于，他听见审讯员说："你看一遍笔录，没问题就签字吧。"

段鸿山习惯地摸了摸自己沾了血的口袋，想找自己的印章，但他根本没有携带印章。

审讯员告诉他："摁手印就可以。"

印泥摆在他面前，他懵然伸出手，颤抖地在文件上按下一个鲜红的指印。从这个指印开始，他就不再是个检察官，而是一个嫌疑人了。

他按完手印，审讯员按程序盖章。

段鸿山想起不久前，同样是笔录文件签字。陈婷握笔的手不住地颤抖着，仅有两个字的名字，她却写写又停停。最后，他在陈婷的签名旁落下自己的印章。

而此时，他鲜红的指印屈从在审讯员的印章下。

审讯结束，公安机关会将嫌疑人移送至看守所关押。这时，检察官杀人的消息已经传开了，公安局外聚集了一群人，拍照的、录像的、议论的，迫不及待地想看到他的反应。

段鸿山穿过人群，眼神木然，闪光灯都没能让他眨一下。

人群中有一个记者笑了："他是检察官，早就把我们摸透了。他故意沉默，不遮脸，不哭，也不笑，也不喊冤。他知道，只要他给我们任何一点儿动作，我们怎么写他，就由不得他了。"

另一人评论道："狡猾。"

警车驶进看守所，这条路，段鸿山走过无数遍。流程他都熟悉，可他又觉得陌生，因为身份调转了。过去，他一直觉得自己是个引路人，他与嫌疑人之间是平等的。现在，他明白了，嫌疑人就是嫌疑人，和检察官是不可能平等的。

检察官的自信和强大，其实是因为手握公权力这个最强武器。当变成了嫌疑人，他就变得赤手空拳了。而他，即将以嫌疑人的身份和手握公权力的旧战友对抗。

诚如段鸿山所料，接下来几日，他的同事们陷入了巨大的困扰。

根据检察官终身责任制，如果检察官在办案过程中存在故意违反法律法规、重大过失导致裁判错误并造成严重后果等行为，将依法承担违法审判责任。甚至，即使检察官已经离职或退休，如果其曾经办理的案件存在质量问题并被发现，仍然可能被追究责任。

段鸿山从检二十年，经手的大大小小的案子太多。过去的当事人，听说了段鸿山杀人的事情，全都找了回来，要求翻案。

申诉厅人多得像医院的挂号处，他们拿着文书、证明、或新或旧的证物，甚至还有人捧着亲人的遗照。有人哭诉，说他存心重判；有人控诉，说他有意包庇；有人怒骂，说他故意轻判。大厅里闹作一团，工作人员一个接一个地劝。

方灵渊来找宫平时，一直开着的办公室大门，罕见地关上了。

方灵渊问："舆情怎么样了？"

检察院重视舆情，昨夜，她一直在网上盯着。武岩市检察院检察官段某杀人，在微博和其他社交软件的热度持续上升，最高到了第八位，在武岩市同城热搜排第一。

宫平说:"已经在撤热搜,不会引起大范围的舆论。"

两人确认完舆情,才开始谈论案情。

段鸿山投案自首,这起案子清楚简单,不是什么惊天奇案,更没有匪夷所思的作案手法,却比其他任何案子都更让人好奇,让人惊心。

因为杀人的,是检察官。

此时,死者的身份还没得到确认。而段鸿山自首后一言不发,动机、身份、案发过程,都没有交代。

案子无疑有隐情,但此时宫平思考更多的则是社会影响。他问方灵渊:"对老百姓来说,我们是什么?"

方灵渊想了想,答道:"检察官能决定当事人的人生,等于是神。"

宫平说:"神就必须是完美的,必须永远崇高、永远无私、永远善良。神要是犯了罪、杀了人,老百姓会怎么想?"

方灵渊接着说:"会怀疑检察官的正确性,对我们失去信任。"

宫平说:"段鸿山始终没有开口,公安希望我过去一趟,以他同事兼领导的身份,晓之以理动之以情,让他配合供述。我想请你跟我一块去。"

方灵渊有些为难:"您带本单位的同事比较好吧?"

宫平却不以为然:"段鸿山不是普通的检察官,是副检察长,还是我的副手。他这个案子,市院肯定会全体回避,所以你跟我一起去最合适,给省院当个眼睛。"

短短几天，方灵渊觉得段鸿山像是换了一个人。她不得不感慨，人在不同的环境里，就会是不同的模样。

即使面对宫平，段鸿山仍保持着沉默。这份沉默并不陌生。只是，在检察院时，他的沉默彰显着睿智、深刻；在看守所里，他的沉默却阴鸷、张狂。环境，足以改变人对人的印象。

宫平问："你还记不记得，你这二十年办过多少案子？"

段鸿山不语。

宫平说："今天有近十起案子的当事人家属都找上门来，说你是个杀人犯，当初办的案子有问题，要求申诉，重新审理。"

段鸿山仍不开口。

宫平又说："你的同事们，现在不仅要安抚这些激动的老百姓，还可能面临省院的调查。你的家人，也因为你，变成杀人凶手的家属。想想滢滢，她还要考三中吧？"

方灵渊盯着段鸿山，他的表情有了细微变化。看来宫平提到他女儿，显然让他动摇了。

宫平继续说："这起案子全都是疑点。你身上的伤是怎么来的，是不是遭到过袭击？你和死者是不是从渔场铁板上跌下来的，那是谁推的谁？那把刀上有你们两个人的指纹，凶器是他的，还是你的？你什么都不说，我们也没办法查清案子的始末，你就只能被当成凶手。等公安调查结束，你就会被移送到检察院，要量刑，也要看犯罪动机和现场情况。如果你再不开口，那你面临的就是故意杀人，最高量刑，死刑。"

他们还是没有等到段鸿山的回答。

宫平说："你不说出真相，院里也没办法帮你。"

段鸿山明白了，宫平就是为了说这句话来的。方灵渊也明白了宫平让她当"眼睛"的意义。

离开看守所，方灵渊想着得给李沐风道个歉。

她来到工坊时，正赶上李沐风在做玻璃。烧制好的玻璃很沉，但李沐风端得很稳。这样的事情，他已经重复做了十年，熟练极了。他将烧软的玻璃在地上一绕，又勾勒出几条生长出的线。师父把剪刀递给他，他开始在玻璃线条上修剪。玻璃在他手中逐渐成形，浅蓝色的海底，伸展出长短不一、形状飘逸的绿色海草，栩栩如生。

方灵渊忍不住赞叹："真漂亮。"

李沐风这才注意到了她。

方灵渊想触摸海草，却被李沐风阻止："烫。"

方灵渊像个犯了错的孩子，收回了手。

"今天工坊不营业，而且我的嫌疑已经解除了，你没必要再来找我。"李沐风不再理她，继续雕制玻璃。

方灵渊也不走，而是在旁边贴着看，发现海草中央有个不显眼的气泡，便好奇道："这个气泡是你特意设计的？还挺好看。"

李沐风有些不耐烦："你到底想说什么？"

"我是来道歉的。"方灵渊终于说出这句话，"你不是绑架犯，段鸿山是杀人凶手，我们却想当然地怀疑你，抓错了人。我来跟你说一声对不起。"

李沐风意外道："我以为，你们永远不会承认自己的错误。"

方灵渊说："不管是什么人，犯了错都得道歉。"

可这时，在一边的聋子师父走过来，看了一眼李沐风刚雕制好的作品，接着直接把它砸了，一瞬间蓝色、绿色、橘色的碎片散了一地。

师父这么一摔，方灵渊心虚了："这是冲我来吧。"

李沐风解释说："这是我师父的习惯，不达标的作品宁可砸碎，也不能出厂。"

方灵渊问他："有一点儿不完美，就要被砸碎吗？"

李沐风说："玻璃有瑕疵，就是失败的作品。人有了瑕疵，也是失败的人。"

方灵渊捡起地上的碎片，放在一方手帕上。即便破碎了，玻璃的颜色依然很美。

李沐风问她："为什么要捡这些碎片？"

方灵渊说："我觉得它们好看。"

段鸿山被看押期间，雷月把段滢接回了自己家。段滢睡不着，雷月也睡不着。

段滢一直追着她问："爸爸怎么样了？"

雷月说："没了爸爸，妈妈会陪你的。"

段滢无语，她不是这个意思。

雷月牵着段滢回到床上,说起了段滢小时候总要听着故事才能睡着。突然,段滢问雷月:"妈妈,你知道当初你和爸爸离婚的时候,我为什么会选爸爸吗?"

见雷月仍是一副迷惑的样子,段滢又说:"因为他比你会讲故事。"

雷月笑了:"可现在,妈妈也会讲故事了。不管是公诉人还是律师,其实都是用同样的关键词,在法庭上讲故事。无非是看谁讲的故事更合理、更准确、更能让人信服。除了当事人,我们谁都不知道真相到底是什么,妈妈会证明,爸爸就是正当防卫。"

段鸿山知道,雷月一定会出现,不论是以律师的身份,还是以前妻的身份。

雷月说:"我让民警给了我五分钟,我们长话短说。"看她的派头,她更像是以律师的身份来的。

段鸿山却说:"我不想见你,你走吧。"

段鸿山头上还缠着纱布,雷月根本就不在意:"我已经替你写好了委托书,也替你写好了供词。你在前一天晚上出门时,被人打晕、劫走。你被绑了一天一夜,无路可逃。终于找到机会脱身,四周却是海,跳下去可能会淹死。绑匪想要杀你,你为了自保,只能反击,标准的正当防卫。"

段鸿山意外:"你看过卷宗?"

按程序,雷月现在看不了卷宗,但作为一个资深刑辩律师，她自然有自己的渠道。

雷月笑了："你没开过口，所以，我现在说什么，你以后就照着说什么。刀上有你和凶手两个人的指纹，刀必须得是他的。你额头上有伤，是被打晕的。你只要把我说的，给警方复述一遍，等上了法庭，我保证你无罪释放。"

雷月把两份文件摆在段鸿山眼前，接着递给他一支笔，让段鸿山签字。

一份是律师委托合同，另一份是抚养权转让书。

段鸿山愕然："滢滢的抚养权？"

"一起签吧。等你无罪释放，以后每个月，我让滢滢陪你一天。"

"我不能把孩子交给你。"

"难道要让滢滢留在你身边，当一个杀人犯的女儿？"

"你刚刚说过，我属于正当防卫，无罪。"段鸿山纠正道。

他拒绝了雷月的提议。

案情有了突破性进展，因为段鸿山终于向警方做出了第一次供述。

审讯室内，段鸿山坐得笔直，目光凌厉，如果不是手上戴着副手铐，他看起来比对面的警察更像是一名审讯者。

"姓名。"

"可以给我一杯水吗?"

警察示意记录员递水,段鸿山接过水润了润嗓子。

"姓名。"

"段鸿山。"

"年龄。"

"四十二。"

"你为什么要杀他?"

"漏了。"

警察一愣,他分明看到段鸿山笑了,像是嘲讽。

"你还没有问我是什么职业。"

警察沉住气,接着问:"职业。"

段鸿山认真答道:"武岩市检察院副检察长。我不认识死者,是他绑架了我,他想杀了我。"

接下来,段鸿山交代了那天晚上具体的经过。案发前一天晚上,他被人从背后袭击。等再醒来时,已经是第二天黄昏了,他被绑在渔场最高处的栏杆上。绑匪声称自己是他某一起案子的当事人,还用一部手机直播了逼迫他的过程。他故意撞破额头、身体,留下DNA,趁对方在岸边挖坑准备活埋他的时间,他用手表上的螺丝磨断了绳子,却在逃离时被回来的绑匪挡住了去路。

最关键的杀人情形,段鸿山是这样描述的:"他手里拿着刀,堵住了我的去路。他要杀我,我只能空手夺刀。争夺间,我也不知道刀怎么就刺进了他的身体。等我反应过来,他已经倒下。我检查了一下,他脉搏停止,没有呼吸。我想报警,可找不到手机。我在死者身上找到一把车钥匙,开车寻找附近的派出所,报案自首。"

警察已经调查过现场,对于段鸿山的口供存疑。因为现场附近并没有挖好的埋尸坑,网络平台也没有找到段鸿山说的那场直播。

段鸿山也困惑了:"五千零三十二人观看!我记得上面的人数!他的手机呢?我亲眼看着的,他一定拍下来了。"

警察说:"现场也没有手机。"

"一定是掉进海里了。只要找到手机,就能证明我说的都是真的。"转眼,段鸿山又恢复了冷静,"我是正当防卫。"

审讯持续的时间不短,段鸿山的叙述始终流畅、冷静、沉稳。甚至可以说,他沉稳过头了,和以往的嫌疑人差别很大。

警察忍不住问:"你被绑架囚禁,被持刀袭击,你反杀了他。在这么危急的情况下,你怎么能这么冷静?"

段鸿山回答:"因为我二十年的从检经验。"

警察又问:"包括这件寻仇的案子吗?是哪件?"

"二十年来,我承办过太多案子,"他抬起头来,眼神坚定,"但每一起,我都问心无愧。"

接下来案件调查进度出奇地顺利，警方在海里找到了手机，也查明了死者的身份。死者叫周德龙，六十五岁，是渔场的司机，专门负责运送水产，半年前才来渔场工作。案发当天，渔场在放假，没有人知道周德龙为什么会出现在那里。

死者身份确认完，段鸿山的案子就可以移交检察院了。这个案子对公安来说，实在是个"烫手山芋"。虽然手机数据无法恢复，使证据存在一点儿瑕疵，但即便如此，他们也得尽早交出去。接下来这个案子怎么办，就由检察院来定了。

确认完卷宗，案管部门为难了。主办检察官没有定，他们不知道该把卷宗交给谁。

省检察院的刘检前天就到了市检察院。和宫平开完会，他特意见了方灵渊。

刘检问方灵渊："网络上有很多关于检察官犯罪的舆情，你怎么看？"

方灵渊想了想说："人人都想当法官，本质上是人人都想行使正义。段鸿山到底是不是故意杀人，真相不会改变，但是这对人们来说重要吗？当然不，他们每个人心中的正义都不一样，他们只是想实现自己心中认为的正义。可是当所有人都行使正义，势必是一场灾难。"

刘检很满意："看来，你不会受到舆情的干扰。"

他已经批了市检察院的回避申请，段鸿山的案子，就交给方灵渊来负责。方灵渊没有立刻答应，而是申请把陈婷的案子一并移交给她。

刘检问："你觉得这两个案子之间有关联吗？"

方灵渊："有关联。"

刘检说："猜对了，去领卷宗吧。"

在卷宗里，方灵渊看到了死者的名字。

这个名字对她来讲，并不陌生。她来武岩市检察院，就是因为收到了对段鸿山的举报信。通常这种举报，检察院不会特意派人调查，只有实名举报、严重指控，才会派人下来调查。

她记得举报人的名字——周德龙，即死者。

本来，她只是例行调查，并不相信举报信的内容。但被举报人段鸿山杀死了举报人周德龙，这就让举报信的真实度大幅增加。

假设举报信的内容是真的，那段鸿山就和梅筝、陈婷都有勾结，设计了杀害张源的方案，并以正当防卫的名义脱罪。在杀死周德龙之后，他又继续以正当防卫的名义脱罪。以正当防卫的名义脱罪，是谁启发了谁？

但如果举报信的内容是假的，那周德龙的动机是什么？段鸿山杀人的动机又是什么？

"你这个鱼缸有点儿素啊。"方灵渊打开手绢，把里面的彩色玻璃，一片片地往鱼缸里放，每放一块，鱼都被惊吓一次。放完之后，方灵渊拊掌说："这下好看了。"

宫平斜着眼看她："你打算这么对付段鸿山？"

方灵渊感叹："我总觉得，检察官终身制，就像是没有尽头的大海。我们就像是这鱼，一直在海里游，不能出错。一旦错了，早晚要被淹死。鱼，也会溺水。"说着，她发现漏了一片玻璃，又将其丢进鱼缸里。

宫平望着可怜的鱼，说："溺水的段鸿山啊。"

方灵渊说："段鸿山说，自己是为了摆脱囚禁，才会杀死周德龙。如果这是真的，那他确实是正当防卫。但检察院真做出这个定性，老百姓会不会觉得，我在徇私枉法、官官相护？"

宫平说："从社会舆论角度看，不管真相如何，只有让段鸿山走上法庭，群众才会觉得检察官在主持正义。"

方灵渊陷入困惑："司法检察追求的，是真相，还是正义？"

她开始思考，总算放过了鱼缸里的鱼。

监室里，民警告诉陈婷："你的案子，主办检察官有变动。"

陈婷紧张地问："段鸿山不负责我的案子了？"

民警安抚道："只是程序上的一些调整，检察官换了，但真相不会变。"

可当翻开确认书，看到"检察官方灵渊"这几个字时，陈婷顿时浑身一震。她神情惊恐，不断默念着那个名字："方灵渊……方灵渊……"

她猛然撞向牢门，跪在地上呕吐起来。

见陈婷突如其来的变化，民警大惊，急忙打开牢门询问："怎么回事？"

陈婷目光涣散："不可以是她，她是来害我的……"

先见陈婷对方灵渊来说，也是一种策略。

段鸿山经验丰富、内心强大，不是一个可以轻易拿下的对手。而和他的案件有隐形关联的陈婷，则是一个很好的突破口。

看见只有方灵渊，陈婷眼里的希望熄灭了："该说的，我已经都说了，还有什么事？"

方灵渊打量着陈婷，眯着眼像一只猫："你在算时间吧。上一次我见你，你还是长指甲。可现在看，你的指甲被磨短了，指缝里还有墙灰。你在看守所的墙上，计算着被关押的时间吧。"

陈婷下意识地蜷起手指，辩解自己在里面不知道时间，也不知道日子。

"你不是记录，是在倒计时。"方灵渊凑近玻璃，仿佛洞穿了陈婷，"你做了充分的准备，知道补充侦查后，没有新证据出现，你就会被无罪释放。可惜，梅筝的证言被我看出了纰漏，你们的计划落空了。"

听见方灵渊说目击证人的证词存疑，陈婷的心坠落谷底。她愣了愣，怨恨地瞪着方灵渊："方灵渊，是你干的。"

"检察院会重新调查你的案子。"

陈婷怒吼："是你害我，你故意栽赃我，要把我重判！"

"你是嫌疑人，我是检察官，我们不熟悉。"方灵渊没被陈婷影响。

陈婷突然朝方灵渊啐了一口，一旁的看守所民警见状立刻把陈婷按在桌上。方灵渊却也不闪躲，冷静地看着陈婷在她面前崩溃地挣扎，直到不再动弹。

"你想报复我，想把我送进监狱。你们检察官有回避原则，你不能负责我的案子！"

"我和你无亲无故，和你的案子也没有法定的利害关系。段检说过，我们这个城市很小，碰上一两个认识的人很正常，我不需要回避。"

"段检呢？我要段检来！"

"段检不会再来了。"方灵渊淡淡道，"他因为涉嫌杀人，已经被收押。"

一般嫌疑人进讯问室只需要进一道门，接受一道检查。但段鸿山案情况特殊，他需要经过三道门、三道检查。

段鸿山喃喃地背诵着自己的供述："六月二十八日晚上九点一刻，我去见以前的当事人。在没灯的小巷，被人从身后袭击后昏迷，凶器是一根木棒。"他经过第一道门，"醒来之后，我被绑在东郊渔场捕捞台的栏杆上。绑匪自称是我某一起案子的当事人。他用手机直播了绑架过程，要求我承认自己在公诉中犯下了错误，并向他道歉，否则就把我推下去淹死。"他经过第二道门，"我伺机想要逃走，他再次出来了，还拿着刀。我怕他杀了我，想从他手里夺过刀，阻止他的行动……"

眼前是第三道门，门后会是谁呢？

看见方灵渊的时候，段鸿山愣了一下："我的案子交给你了？"

"手续刚下来，还有陈婷的案子，也在我手里。"

"宫检说过，你是个仔细人，交给你，我也放心。"段鸿山不认为方灵渊能在陈婷案里翻出什么花。

"我有几个问题，想跟你逐一确认。"

段鸿山打断了她："这是你说话的习惯吗？从我见到你开始，你几乎一直在问问题。"

"我只是如实说出自己的好奇，但总有人觉得我在咄咄逼人。"方灵渊把椅子往后撤了撤，她不打算凑在玻璃前听段鸿山说话，而是要腾出地方，舒服地坐着，"之前为什么一直保持沉默？"

"每个嫌疑人都是一座迷宫，他们张口说的第一句话，就是迷宫的入口。我每次提审，最在意的就是第一句话，那是最真实、最直观的感受。可当我成为嫌疑人的时候，反而不知道第一句话该说什么。"

方灵渊和段鸿山保持着相当的距离，就是为了看清这座迷宫的全貌。

"这个比喻会让人感觉，你精心设计了第一句话，之前的沉默，也是你设计的一部分。"

"我既是迷宫，又是走迷宫的人，这种感觉就像一个人和自己对弈，迟迟无法走出第一步棋。不知道这样说，你能不能理解。"段鸿山耸了耸肩。

方灵渊觉得，段鸿山成为嫌疑人之后，他的水平反而更好了，像是大学时的讲师。

"你不仅给我们准备了迷宫的入口，还为自己找到了出口——正当防卫。"

"以我这么多年的检察经验，这就是正当防卫，这很容易证实。很少有受害者能像我一样，全程都有保留证据的意识。"

方灵渊语气中带着调侃："听起来，你已经将案子复盘了很多次。没猜错的话，就连将来上庭说什么，你应该也想好了。"

"以省检察院的能力，应该不会对明显的正当防卫案提起公诉，那会影响胜诉率。"

段鸿山的语气没有一丝犹疑，就像在检委会上分析别人的案子。方灵渊一时有点儿恍惚，分不清这是在看守所的讯问室，还是段鸿山副检察长的办公室。段鸿山身后的狭窄墙面，仿佛也变成那面挂满他所有荣誉的墙。

方灵渊只能被迫抛出问题："那你有没有复盘出来，绑架你的人到底是谁？"

"目前还没有。"

"给你个提示,十四年前武岩三中图书馆杀人案,你主办。"

段鸿山拉开记忆的抽屉,很快找到了那一格:"死者周林,嫌疑人李沐风。"

"想起来了?"方灵渊问。

"可我不记得那起案子里有符合绑架我的人年龄的当事人。"

方灵渊望向他眼底:"绑架你的就是死者周林的父亲,周德龙,匿名举报你的也是他。"

段鸿山恍然:"怪不得,当时和我接触的是周林的母亲,我没见过他的父亲,后来我才知道,周林的父母很早就离婚了。"

他是真不认识周德龙,还是假装不认识?

方灵渊只能追问:"你杀了周德龙,可能是正当防卫,可能是为了掩饰自己办案错误,也可能是报复杀害举报人。所以,你是哪一种?"

"清楚了,都清楚了。周德龙炮制这场绑架,要么杀死我,毁掉我的现在;要么被我杀死,毁掉我的过去。"段鸿山精准地击中了方灵渊的恐惧,"你们要想清楚,图书馆杀人案只是一个支点,周德龙要用这个支点,撬动我过去经手的所有案件,摧毁我的名誉,最终动摇公众对司法的信任!"

这是方灵渊对段鸿山的第一次审讯,她失陷在段鸿山的节奏里。

嫌疑人把一切推给死者是很常见的行为，但段鸿山不一样，他是一个身经百战的检察官，检方作为进攻方，必须做出有效举证，否则很难攻破一个谙熟法律的人的防线。从段鸿山的打法上来看，他一副想要打持久战的样子。通常持久战会对嫌疑人不利，但因为段鸿山的特殊身份，时间长了，公诉方反而会受到来自各界的压力，导致仓促结案。结果一旦产生，公诉方就将彻底陷入被动。所以，破解周德龙的真实想法，就成了本案的关键。

既然周德龙举报了段鸿山，而且省检察院已经派自己下来调查，他为什么不等调查结果出来呢？周德龙已经诉诸举报的手段，再动手绑架段鸿山，这一系列操作就让人有些不可思议。不能解释这一点的话，她就无法对段鸿山做出致命一击。可要想了解周德龙的想法，她现在掌握的信息还太少。

公安帮了大忙。在接下来的补充侦查中，公安找到了周德龙一直未对渔场提供的隐匿住处。方灵渊立刻赶到周德龙家。

这是一个老小区，见缝插针似的立着几栋楼。周德龙的家是一间两室一厅的屋子，窗帘紧闭，最大的那面墙上贴满了各种剪报新闻——武岩三中、学生死亡、段鸿山、正当防卫……这些关键词占满了整个房间。

墙上的日历簿，段鸿山案案发的六月二十八日被打了个圈。那天，也是周林十四周年的忌日。

是为了祭奠吗？方灵渊想，或许对周德龙来说，他的时间一直停留在十四年前。

警方告诉方灵渊，周德龙大概在三年前搬到了这个小区，他独来独往，似乎有意避开与周边的邻居交往。

警察在搜证，方灵渊四下看着，桌上还插着的手机充电线引起了她的注意。她在证物里见过被捞上来的周德龙的手机，和这个充电接口显然不匹配。难道周德龙有两部手机？还是说，捞上来的手机根本就不是周德龙的？

充电线旁边，放着一副听诊器。墙上有日积月累积下的污渍，方灵渊拿起听诊器，贴在痕迹上，听诊器里传来了隐隐约约的说话声。

那声音喋喋不休，听上去有点儿熟悉。方灵渊拿出手机，拨出这两天才记下来的号码，手机里的拨号音响起的同时，听诊器里也传来了手机铃声。

方灵渊说："丁一，你人在哪儿？"

手机和听诊器同时回传了丁一的声音："我在段检家陪滢滢。"

"你往阳台走。"方灵渊说着也往阳台走，走到阳台上，她一把拉开窗帘，对面是瞠目结舌的丁一。

隔壁竟然就是段鸿山的家！也就是说，周德龙一直在触手可及的距离里监视段鸿山。那么，段鸿山说他从来不认识死者，是真的吗？

如果段鸿山已经发现了周德龙的存在，认为周德龙会对自己和家人的生命安全造成威胁，那他就有杀死周德龙的动机。这场绑架，似乎另有玄机。这次杀人，也更加叵测。

就在这时，警察走过来，将一个文件袋递给方灵渊。这是周德龙还没寄出的举报材料，她打开一看，里面是一沓照片，都是梅筝和段鸿山的合照。十几张同框的照片，有在酒吧的，有在水族馆的，有段鸿山送梅筝上车的，但并没有特别亲密的合照。这些照片足以说明段鸿山和梅筝多次见面，但无法证明两人有亲密关系，这可能是周德龙没有寄出的理由。

看到水族馆那张，方灵渊心里突地一悚，马上问身边的警察："周德龙的手机是怎么捞出来的？"

警察说："我们水性不够好，所以请了水族馆的潜水员帮忙。是一个挺高、挺漂亮的女人，叫梅筝。"

又是梅筝。这是巧合，还是特意为之？

第四章

这个社会上有三种审判

方灵渊从周德龙家出来,直接来了水族馆。

根据周德龙偷拍到的照片,段鸿山每隔一段时间就要来一趟水族馆和梅筝见面。他们到底是什么关系?现在死者就是周德龙的新闻还没有传开,她决定先发制人,问一问梅筝。

海豚表演刚结束,已经没什么客人了,梅筝也准备下班。方灵渊等在更衣室外,最先看到的是梅筝湿漉漉的头发。梅筝一边朝方灵渊走,一边用浴巾擦着头发。

"你很喜欢现在的工作吧?"方灵渊问。

"下水以后,我就只能听到自己的声音,没人打扰。"

梅筝坐到她身边,水面反射起的波光令她的侧脸棱角分明,那双漆黑的眼睛已全部融化在阴影中了。

方灵渊反问:"你怎么没有告诉我,潜入水族馆做一条鱼,是因为周德龙一直在骚扰你?"

梅筝表情淡然:"都过去了。"

这样的回答,方灵渊显然是不满意的。

"你一定看了新闻,知道周德龙死了。他认为是你害死了他儿子。十四年来,他一直潜伏在你身边,挖出你的过去,毁掉你的生活。"

"这里不是检察院,也不是审讯室,我可以不回答你的问题。"梅筝的每句话都听不出明显的语气,她就像一条鱼,无论海浪多汹涌,都只是在水下吐泡泡。

方灵渊穷追不舍:"纠缠你十四年的周德龙死了,你得到了解放,伤害过你的陈婷被抓,你得到了胜利。为什么这两起案子,都跟你息息相关?"

"还有五分钟下班,下次如果想看表演,可以早点儿来。"梅筝擦好头发,起身准备离开。

"五分钟够用了。"方灵渊丢出一张照片,是周德龙偷拍下的梅筝和段鸿山在水族馆前的合影,看起来两人走得很近,"这是在周德龙家里找到的。你应该不是在给游客指路吧?"方灵渊不自觉地踩着梅筝投在地上的影子,好像踩着她的尾巴一样。

"这里不是检察院,应该回答的,我十四年前都答过了。"

"这张照片可不是十四年前拍的。"

"在武岩这种地方,如果你不想见某些人,他们一辈子都找不到你。只要你想，一天之内能找到任何想见的人，一张照片能说明什么？"

"一次见，是巧合，两次、三次、四次呢？"方灵渊甩出一张又一张照片，全是梅筝和段鸿山的同框照。

"武岩这个地方不大，如果你不想见某些人，他们一辈子都找不到你。只要你想，一天之内能找到任何想见的人。"梅筝抬腕，看了眼手表。

五分钟到了。方灵渊踩不住梅筝的影子，脚下只剩一片星星点点的水滴。

往常从水族馆下班，梅筝总是累得只想回家。可是今天，她有足够的理由出去转转，放纵一下自己。

酒吧里，男男女女的头顶上飘洒着波点灯光，在复古的爵士乐中，人们像反刍的动物来回踱步，寻找一个交头接耳的对象。

一个男人坐到了梅筝身边，提出要请她喝一杯。梅筝一反常态地答应了。她扫过酒单，注意到了一种叫自由古巴的酒。

搭讪的男人为了炫耀自己学识渊博，装腔作势地介绍起来："这款酒诞生在百年多以前古巴，是为了庆祝古巴独立而取的名字，象征着自由与解放，是最出名的朗姆鸡尾酒之一。"

"就要一杯自由古巴。"梅筝将酒单递给酒保。

水龙头开着，哗哗流动的自来水，像是梅筝宣泄而出的情绪。洗手间镜子中的她，脸湿漉漉的，如同刚刚浮出水面一般。她深呼吸几下，让心情平复下来。

自由古巴，象征自由和解放。想到这里，梅筝对着镜子，给自己抹上口红。

她笑了。一朵娇媚的花，在呼吸吐纳间，渐渐绽放开来。

梅筝回到吧台时，那个男人不见了。方灵渊坐在他的位子上，嗅了嗅那杯酒的味道，像猫一样。

"自由古巴，我也很喜欢。"

梅筝没有理她，又点了一杯别的酒。

"这杯酒代表着自由与解放，很符合你现在的心情。"方灵渊坐近了一点儿。

梅筝不接茬："对我们这种人来说，活下去的每一天，都是胜利。"

"刚才我有个问题忘了问，你为什么会去渔场帮段鸿山捞手机？"

"我只是去帮忙的，警察只叫我捞手机，没有告诉我是什么案子，更没有说那是谁的手机。你要是怀疑，就把那些证据都作废了吧。"

"你既然撒谎了，就一定是为了隐藏某个真相。"

梅筝靠近方灵渊，手指缓缓刮动杯口："真相就是，有人罪有应得。"

方灵渊放下酒杯："到底由谁来判定一个人有罪，是法律，是情感，还是舆论口舌？大众一旦自以为掌握了真相，就算没有任何理论，没有任何资格，也都会妄图来行使正义。长期迷恋正义，和酗酒一样危险。"

梅筝沉默片刻，忽然笑了："那又怎么样？一切都不会改变了。"

梅筝端起那杯自由古巴，一口饮下。

自由古巴，象征着自由与解放，她现在已经自由了。

审讯室里，嫌疑人与检察官的距离大约三米，这也是一张乒乓球桌的长度。

方灵渊先发"球"了："你还记不记得，从渔场到派出所，你用了多久？"

"我开了死者的车，大概四十三分钟。"

"怎么计时的？"

"我在车上放着《沉默的羔羊》，整首歌大概是四分半，我听了八遍，最后一遍唱到'当别人误解我的时候，我总是沉默，沉默对我来说其实是一种反驳'时，我到达了派出所。"

"渔场周边有几户人家，他们白天都没有听见过呼救声。他们还告诉我们，从渔场走到派出所，最多不过三十分钟。"

"也许是我走错了路。"

"我们有理由怀疑，你离开渔场的时候，死者并没有死亡，你故意绕远路，拖延死者得到救助的时间。"

"我熟知正当防卫的触发条件，我没必要绕远路，让自己陷入被动局面。"

"有一个可能，你想让他死。在你的供述里，没有任何证据能证明，现场符合'正在进行''紧迫''最后机会'等条件。"

段鸿山质问："他拿着刀，要杀了我报仇。面对一个拼上性命的人，除了拼命反击，我还能怎么办？"

"你已经挣脱了绳子，死者年纪又比你大，你为什么不跑？"

两个人攻防的节奏越来越激烈，方灵渊甚至有了抢七局的刺激感。

段鸿山果断地放弃了这一局，开始发"球"："手机是不是还没找到？"

"渔场很大，不好找。"

"如果掉进大海里，手机会因为洋流被冲到很远的地方。但案发地是渔场，为了防止黄鱼出逃，应该都布置了网格，所以手机不可能离开案发范围。你在骗我，手机找到了，对不对？"

"雷月来探视过你，是她告诉你的？"方灵渊没有直接回答。

"那就是被水泡坏了。技术恢复要多久？那是证明当事人清白的关键证据。等手机恢复了，就能证明本案是正当防卫。"

"我怎么觉得是你在办案呢？"

"这是我的措辞习惯。"

"我很想学习一下，如果是十佳公诉人的你，面对这样的证据环境，你会怎么办？"

"手机数据无法恢复，你们就去调查死者。死者既然有行动，之前肯定有跟踪我的行为，这就足以证明他对我有生命威胁。应当遵循疑点利益归于被告原则。"

"既然你认为死者对你有跟踪的行为，为什么你完全不认识他？"

"因为他一定在隐蔽自己，不让我看见。"

"那你知道他住在哪儿吗？"

"这和本案有什么关系？"段鸿山不解。

"他和你的距离，就是我们现在的距离。他就住在你的小区，住在你的单元，住在你的隔壁。"

段鸿山一怔。

"所以你不可能没见过他，你在之前的口供里说，完全不认识受害者，这是一句谎言。"

"我……我不记得。"

方灵渊追问："你记得走了多长时间的路，记得一首歌放了多少遍，却不记得一张脸，这合理吗？以你过人的记忆力，你早就发现他住在你的隔壁，跟踪你，监听你，窥视着你的生活，威胁着你的家庭。所以，你选择的不是逃走，而是杀死这个威胁！"

"在被绑架之前，我确实没见过他。"

"你怎么证明？"

这句话段鸿山很熟悉，当年，他问过李沐风一样的问题："你能证明，刀不是你带进图书馆的吗？"

李沐风答不上来。

类似的问题，段鸿山也问过陈婷："你能证明，当时张源一直在跟踪、胁迫你吗？"

陈婷答不上来。

现在，他自己也答不上来。

方灵渊隐瞒了与梅筝相关的所有信息，因为她还没有完全掌握梅筝与此案的真实关系，牌不能一次打出来。

这是方灵渊对段鸿山的第二次审讯，这场"球"，她占了上风。

武岩南城的老街区，时间似乎慢下脚步，街景依旧保留着千禧年的风貌。这座城市总是下雨，地很滑。方灵渊缓缓拖着行李箱，停在一家裁缝铺门口，这是方灵渊的家。

方灵渊是武岩本地人，从省城回来时，她以为调查举报是短期出差，怕家里问东问西，就先住在了招待所。可几日的工夫，举报发展成命案，如今段鸿山案和陈婷案都在自己手里，方灵渊决定回家住，这意味着她也做好了要打持久战的准备。

方灵渊许久没回家，再来到这间裁缝铺时总觉得自己像个客人。铺子不过十平方米，狭小且老旧，但一切都井然有序。她弯腰捡起掉在地上的一根针，循着饭菜的香味走向里间。

方灵渊的到来在父母的意料之外，方母关了火，惊喜地迎了出来："怎么突然回来了？"

"派下来办个案子。"

遇到案件的事情，方母总默契地不再追问，转而问她："哦……中午想吃什么？"还不等方灵渊作答，她已经安排起来，"烧排骨好了。老方，去买几斤排骨，要精排啊！"

方父嘴上抱怨着女儿回家不提前打招呼，脚下却已经换好了鞋子。

方母接过方灵渊的行李箱："这里面的衣服要洗洗吧？欸，你那件外套……"

方灵渊停了下正准备脱下外套的手，任由母亲比画着。

"腰身大了吧？成衣就这点不好。脱下来，我给你改改。"

"没事，外套不需要腰身。"

"几分钟的事，反正你也要换衣服。"

说着，方母从工作间的衣柜里给方灵渊翻出来了一套家居服。方灵渊只好接过衣服上了阁楼——那是她过去的房间。

这里已经很久没有住过人了，却还是从前的模样，书桌没有一点儿灰尘，整整齐齐地摆着法学教材，床单和被罩也刚洗不久，还散发着洗衣液的清香。母亲照常收拾方灵渊的房间，只要她回来，随时都能住。

衣柜的门已经关不紧了，时常会自动打开，方灵渊只好重新收拾，目光却落在一件陈旧的衣服上。那是一条连衣裙，是十几年前小姑娘间最流行的款式，还绣着一个名牌标志。方灵渊一抖衣服，上面布满了缝缝补补的痕迹。

她想起了十多年前，第一次穿上这条裙子那天的情形。

爸爸按照客人送过来的衣服样式，给她做了件一样的。裙子很衬她，漂亮，轻盈。她很少穿裙子，学校的同学们夸她好看，方灵渊很高兴地笑了，这么一笑，人更好看了。她满怀期待地走向教室，像去见暗恋的人。年少的方灵渊没想到，这却是一场噩梦的开端。

她不愿想起，赶紧团起裙子，重新塞回柜子。

"换好没？出来我量量尺寸。"

方灵渊应声出去，母亲踩着缝纫机，不时扬起头，描着方灵渊的身形。

"你不量吗？"

"你的腰还用量？我看一眼就知道，二尺一。"

缝纫机动起来的嗡嗡声伴随了方灵渊整个童年，听着这声音，她莫名觉得心安。突然，她想起了独自待在省城家里的小闲，便打开了手机上的监视器。

方母感叹："以前舍不得花钱，你穿的衣服从来都是我做的。记得有一次，我看到别人送来的名牌，也学着样子给你缝了个标志上去，结果你穿到学校去才发现，我弄错了。"

"你做的，质量比名牌还好。"

"那时候你因为这个经常被同学笑话……让你受委屈了……"

方灵渊没应，在手机上寻找猫咪的身影："小闲？小闲？"

"你的猫？给我看看……哟，都长这么大了。"母女二人凑在手机前逗起小猫来。

突然来客人了，来人说："方姨，我来取衣服。"

方母应着："做好了，我给你拿。哦对，这是我女儿，在省里做检察官。"

对面的人笑着说："嗯，我们认识。"

是李沐风。

光滑温润的青石板路上，投下两个修长的人影。李沐风和方灵渊并肩走在老旧的街道上，这里是方灵渊从小长大的地方。

"阿姨的手艺真好，一点儿修补痕迹都看不出来。"李沐风抖开已经缝补好的衣服赞叹道，看到西装和家居服混搭着穿的方灵渊，又问道，"你身上这件也是方姨做的吧？"

"她非要我穿的。"方灵渊有些不好意思。

李沐风笑了："和平时的你很不一样。"

方灵渊有些害羞，避开他的目光："你什么时候搬到这里的？"

"十年前，我出狱的时候。我在里面的时候，师傅来教过我们玻璃制作的工艺，出来之后，我就跟着他干活儿了。他家就在这附近，我也就住在这边了。"

"十年前，难怪。是我大学快毕业的时候。"

"忙着法考吗？"李沐风关切地问。

方灵渊点点头。

"那你还记不记得那道题？我想想……"李沐风回忆着，"事实三，甲、乙在实施入室盗窃和杀人之后，殴打警方逃窜，司机谢某出于正义，驾车追赶。甲、乙提速，并'蛇形'行驶，以防谢某超车。汽车开出两公里后，甲乙所驾驶车辆失控撞向路中间的水泥隔离墩，谢某刹车不及，撞上乙车受重伤死亡。"

方灵渊一愣，这是那一年的法考主观题。她问李沐风："你怎么知道？"

李沐风反问："你是怎么答的？"

"甲、乙走'蛇形'的行为虽然制造了不被允许的风险，属于危险行为，该行为也确实导致了结果的发生。该结果应该由甲、乙承担。"方灵渊看着蛮自信的样子。

"错了。"李沐风直截了当地打断她,"有些个案,行为人虽然制造了不被容许的危险,而且也引发了结果,但是如果危险与结果间的关系不在构成要件的效力范畴内,那么行为就不需要为结果承担责任。"

"我认为甲、乙应当承担过失致人死亡罪。"方灵渊坚持道。

李沐风开始细数起案例来:"那如果贩毒给别人,吸毒者死亡,毒贩是否另外成立过失致人死亡罪?还有妓女患有性病,清楚告诉嫖客,嫖客坚决贪欢导致染病死亡,妓女是否成立过失致人死亡罪?这些行为都是吸毒者、嫖客自愿选择且能自由负责的危险行为。《中华人民共和国刑法》规定过失致人死亡罪,并不是为了保护这些自愿进行的危险行为,因此贩毒者、妓女的行为和死亡结果之间都没有因果关系。"

方灵渊思索着,并未吭声。

李沐风继续道:"具体到本案,司机谢某故意近距离追赶甲、乙,这是自愿参与别人的危险行为,那么谢某就应当为自己的危险行为负责。"

"这是标准答案。"方灵渊心服口服。

"但真正的判罚,考虑的因素还会有很多,对吗?"李沐风凝视着方灵渊的眼睛。

"你很懂法律啊。"方灵渊笑了。

"高中的时候,我就对法律很感兴趣。毕业那年,我报考了和你一样的学校。"

李沐风本想说，自己也想成为一名检察官，就像方灵渊一样。可他想了想，自己比方灵渊还要高一届，倒应该说，方灵渊就像原本的自己一样，成了一名检察官。

他低下头，看着方灵渊领口上的那枚徽章："我本该拥有的人生，你替我实现了。"

"这是我自己的人生。"方灵渊严肃道。

看着方灵渊颇为认真的样子，李沐风笑了。

走到前面的岔路口时，李沐风突然问方灵渊："如果我的案子就是当年法考的主观题，你会怎么回答？我是有罪，还是无罪？"

方灵渊一时答不出，岔路口的信号灯由红转绿，李沐风该走了。

他知道，方灵渊已经作答了。

离开方灵渊，李沐风回到玻璃工坊。

李沐风去裁缝铺是为了取师父为他定制的西装，师父希望他穿着这套衣服去参加省里的玻璃工艺大赛。用师父的话说就是，人靠衣装嘛。

玻璃工艺品制作虽然小众，但这个比赛对手艺人来说，含金量不低。李沐风做了十年玻璃，今年是第一次参赛。

师父告诉他，只要能得奖，那他就是国家认证的创意设计领军人才。这是李沐风回归社会、回归平凡重要的一步，他再也不用低头做人了。

平时和师父做玻璃时，他点子很多，店里卖得好的几款工艺品都是李沐风设计的。临近比赛,他反而不知该做什么是好。李沐风去图书馆借了一批书,其中有一本里尔克的诗集。李沐风一页页翻着,读到一首诗——《豹》

　　它的目光被那走不完的铁栏／缠得这般疲倦,什么也不能收留／它好像只有千条的铁栏杆／千条的铁栏后便没有宇宙／强韧的脚步迈着柔软的步容／步容在这极小的圈中旋转／仿佛力之舞围绕着一个中心／在中心一个伟大的意志昏眩／只有时眼帘无声地撩起／于是有一幅图像浸入／通过四肢紧张的静寂／在心中化为乌有。

　　李沐风想,他知道该做什么了。
　　玻璃调成好看的黄色,他觉得不够,又撒了把碎金属。金属与玻璃在火焰中熔合,玻璃变了颜色,在李沐风的搅动下,像一锅黏稠的金子。
　　他挑起钢管,将这团金子放入熔炉烧制。他深吸一口气吹着,火炉的火蒸腾得他眼睛发红,长长的一口气呛得他鼻塞,但他没有停下来。他喜欢制作玻璃的过程,因为每一步都能掩盖他的悲伤。
　　从熔炉中取出玻璃,李沐风捏和出豹子的形状,又在上面画出疲惫的眼睛,把它的脚修剪得强韧却柔软,轻悄悄地落在地上。他调配颜色,画上豹子的花纹,再用刻刀勾出细节……

豹子初具雏形，工坊里仿佛回荡着它痛苦的嘶吼，就像诗中描述的一样。

和方灵渊见过面之后，李沐风那段无法冷却的往事又在内心吱吱作响。

李沐风望过去，像望见一道冰冷的铁栏杆——那是十四年前的看守所讯问室，和如今几乎别无二致。只是，当年的段鸿山在外头，李沐风在里头。

面对段鸿山一次次的审问，面对他人对自己和梅筝、周林关系的猜疑，李沐风急切地辩解，他与梅筝不熟悉，和周林没有纠纷！是周林打他，下了死手打他，他只能选择保护自己！

李沐风说："我不是杀人，我是正当防卫！"

段鸿山问："可你为什么要用刀刺他？"

李沐风说："他拿着棍子打我，而且那把刀不是我的，是他带来的！"

段鸿山又问："他带了棍子，还带刀？你还能从他手里抢过刀？"

李沐风说："就是这样，一定就是这样！"

段鸿山翻开一份文件，问："高考第一志愿，你报考的是政法大学法律系。我们调查过你家，你房间里有很多法考相关的书。"

李沐风说："我想当检察官，提前学习。"

段鸿山抓住了破绽："所以，你才会知道什么是正当防卫。"

李沐风着急否认，这个倔强、顽强的十八岁少年，在段鸿山面前急得落了泪。可对段鸿山这样一个检察官来说，心软是大忌，他必须穷尽一切可能去设想、去怀疑嫌疑人。他猜测李沐风有可能早就知道这条法律，并用它来伪装杀人，借此脱罪！

李沐风否认："我没有！"

段鸿山却指控："你恨他。"

李沐风嘶吼："不，我是正当防卫！"

"可惜，正当防卫这个法条虽然存在，但在我国的司法体系里，这是个沉睡的法条，启用条件很严苛。"段鸿山平静地解释。

法槌落下，李沐风像是被击中一般。

"我宣布，被告人李沐风涉嫌杀害周林一案，明显超过自卫限度，属于防卫过当。判处有期徒刑四年零三个月。"

法庭上人声哗然，李沐风已经听不见了，只能看见法官翕动的嘴唇，他已跌入了谷底。他原本充满希望的世界，从此变得昏暗。

服刑期间，李沐风一直很听话。他踏踏实实地打扫房间，清理院子里的杂草。他在厂里认真地组装零件，制作雨伞。

母亲曾来探望他,他淡淡地笑着,隔着玻璃安慰母亲。母亲望着他,默默地流着泪。他看见母亲的手上戴着一枚新的结婚戒指。

每当法考考卷公示后,看守所民警会给他送来一份。当天晚上,他就埋头一道一道答着题。狱友们笑话他,他也浑然不理。刷到二〇〇六年的考题时,对李沐风来说,时间仿佛凝滞了一瞬。

"某市校图书馆内,李某某目击同学周某意图侵犯梅某。梅某与多名男同学交往密切,李某某不知真相,误以为梅某正在遭受不法侵害,遂上前制止,殴打周某。周某被激怒,反击殴打李某某。李某某不敌,用一把捡到的刀刺伤周某,致周某失血过多身亡……"

李沐风读题的声音越来越小,直到每个字都卡在喉咙中让他发不出声音。他一直梦想着自己能通过法考,成为律师,为人辩护,怎么也想不到,自己也成了一道法考题目。

到三年零三个月时,牢门被打开了。

民警把李沐风送到看守所门口,递给他一个筐子,里面是他进来时穿的衣服、拿的东西。李沐风重新穿上他的T恤和牛仔裤——那是三年多前他高中时的衣服。

他熬过了三年零三个月,重新走向了光明。他以为,他可以走向光明。

出狱后，李沐风回了家。

妈妈在家门口摆了个火盆，让他跨过来。李沐风照做了。

她给李沐风做了一顿饭，李沐风一口气吃了三碗后，才突然想起妈妈还没动筷子，赶紧给她夹了一块肉。妈妈却给他夹了回去，说她吃过了。李沐风没有再劝，他知道妈妈已经有了自己的生活。

妈妈告诉他："这房子我打算卖了。"

李沐风说："我知道该去哪儿。"

他回到自己的房间收拾行李。屋里没什么变化，旧衣服也都能穿。他拉开抽屉，里面还放着政法大学的录取通知书。只不过，已经是三年多以前的了。

他最后的容身之处，就是这间玻璃工坊。

刚到这里的时候，他也很难适应聋哑师父的暴躁脾气。但经过一段时间的相处，他渐渐感受到师父善良的内心。

他开始喜欢上这个职业，喜欢上这个地方。每到晚上，灯光在玻璃间流转，明亮且温暖，那种童话世界般的氛围，使得他能从世间的烦恼中短暂地抽离片刻。慢慢地，他已经能将流淌的液体塑造出形状，能让自己的想象化为实物。

面对苦难，他做不到脱离，也无法忘记，最终选择了担荷。

当他烧制出第一件可以被称为作品的物件时，他想到了那个帮他找到这个容身之处的人。

彼时，段鸿山坐在政法大学的讲堂上，向学生传道授业解惑——三者常被并举，但人们常希望的只有解惑。

有人问了段鸿山一个尖锐的问题："有人犯了罪，但没证据，就疑罪从无了。有的人明明没罪，但证据不利于他，结果被判有罪。这公平吗？"

段鸿山说："这个社会上有三种审判：第一种，是法庭上的审判，这也是最显而易见的；第二种，是道德上的审判，是对是错，社会和你的良心自有一套道德标准；第三种审判，就是时间。"

关于时间的审判，段鸿山有很多思考。他先从现代语文的读音讲起："很多以前学过的字，读音都变了。读错的人越来越多，大家也就将错就错了。随着时间推移、社会变化，原本的道德观念和想法也都会改变。很多法条也是一样，比如说《中华人民共和国刑法》第二十条。二十世纪末社会情况复杂，为了防止正当防卫被滥用，它变成了沉睡的法条，不敢轻易启用。直到最近几年，我们才敢勇敢地提起这个法条。可能有的行为对过去人们来说是有罪的，对于现在的人来说却可以是无罪的，这就是时间的审判。检察官办理每一起案子，都要考虑到这三种审判的影响，让每个人都感受到公平正义。"

可以引用的法例很多，段鸿山之所以以正当防卫为例，是因为他看见了坐在观众席中的李沐风。

李沐风坐在观众席末排,在即将成为法律界未来新星的两百来名学生身后。如果没有发生那起案件,他本该是这些学生中的一员。

讲座结束后,李沐风走到段鸿山面前,递给他一个布袋,里面装着一枚玻璃彩珠,说:"段检,这是我的第一个作品,想送给您。"

玻璃珠很漂亮,将礼堂的灯光反射出彩色的光芒来。

段鸿山饶有兴趣地问:"这是怎么烧出来的?"

李沐风说:"加了一点儿金属。师父说太纯的东西反而不耀眼。"

段鸿山透过玻璃珠往外看,世界变成了万花筒。

斑斓的色彩随着记忆缓缓流转,停在闪烁金属光泽的一面,那是豹子的眼。

李沐风知道这件作品还差在哪儿了——在那双眼睛外面,是一排的栏杆。这只豹既是自己,也是段鸿山,被一排无限延伸的栏杆困住。时间的审判,带来的必然是时间的刑罚。隔着栏杆,谁又分得清困住的究竟是豹子,还是栏杆外看豹子的人?

　　它好像只有千条的铁栏杆/千条的铁栏后便没有宇宙。

李沐风终于做出了《豹》。

第五章

有人跟我站在同一根钢丝上

案子移交给方灵渊后，宫平特地叫人收拾出一间屋子，当作方灵渊的临时办公室。此刻丁一和刘少兰正守在门口，自打段鸿山出事以来，两人连续几晚都没睡好。段鸿山杀人案的处理结果，将直接关系到这两人未来几年的事业发展。他们不可能不关心，可想问又不知道怎么开口。

丁一用胳膊肘捅了刘少兰一下，刘少兰又还了他一下。方灵渊来到办公室，看到两人的样子，便猜出了他们的来意，干脆地点破："段鸿山已经被拘留，但是死者的身份不明，他的动机和案发过程都还不明确，警方会继续侦查。"

刘少兰和丁一追问："段检是自首，会不会是他遇到了袭击，或者是误杀？段检失踪的那段时间，是不是出了事？他为了自保，不得已才动手？"

方灵渊打断他们："你们是不是把'杀人'想得太简单了？与其关心他，不如关心关心你们自己吧。"

丁一和刘少兰有点儿蒙。

方灵渊说："不管段鸿山是出于什么原因杀的人，他现在是凶手，是犯罪者，是全武岩老百姓深恶痛绝的检察官，也是省院要详加调查的人。他杀人了，之前的举报会不会是真的，他在从检的二十年间有没有犯过罪？他作为检察官，在岗二十年，负责的案子有几百起。检察官有案件终身负责制，他犯了罪，过去处理过的案子都可能有问题，有错判误判，那些因为他的判决不满的人，也都会找过来。"

"刘少兰，你最近在准备员额检察官的考试，你不管考多高的分数，表现得多优秀，只要和段鸿山牵扯在一起，就有可能是黑检的帮凶。如果你是领导，你会启用一个有嫌疑、有污点的检察官吗？"方灵渊说得虽然狠，却无疑是现实。

刘少兰不作声了。

"还有你，丁一，你和段鸿山走得很近，还经常去他家做客，和他的家人都很熟悉，你应该知道段鸿山的秘密，甚至知道他的计划。"

丁一赶紧解释："我真的不知道。"

方灵渊却说："段鸿山对你很好，想提拔你，你是不是受了他的好处，才帮他隐瞒？你们是段鸿山身边最亲近的人，你们有没有协助过他，是不是他的同伙，有没有跟他一起违法违规，还帮他求情？如果我是你，我可能会立刻辞职逃走，选择另一份工作。"

丁一也不作声了。

方灵渊和二人聊完后，刘少兰便不再过问段鸿山的案子了。丁一倒是在办公室的白板上偷偷绘制李沐风案、陈婷案、段鸿山案三起案子的关系图。因为信息了解得不够多，他画得很粗糙，很多人物之间也没有连接上，但他依然在列。

方灵渊想，也许段鸿山过去就是这样教他的。

方灵渊倚在门边，开口："其他人都避之不及，你不担心会牵连自己吗？"

丁一连忙放下笔，解释道："我只是觉得这三起案子之间好像有联系，捋清楚也许就能知道段检到底是故意杀人，还是正当防卫了。"

其实方灵渊早有打算，她从省检察院下来查市检察院的人，肯定会有人不满。从市检察院里选一个人出来，配合自己调查，才能挡住各种非议。她有意和刘少兰、丁一说那番话，就是想从这两个人中选出一个来。

一试就清楚了，刘少兰心思深，还是丁一更适合。于是，方灵渊暗示丁一向宫平申请当她的书记员，宫平也顺水推舟批准了。很快，丁一正式加入段鸿山一案的专案组，成了方灵渊的书记员。

面对一面墙的人物关系图，方灵渊咬着笔帽发呆。丁一在一边不敢发言，他还是有些摸不准这位"新领导"的想法。

"你觉得下一个该查谁？"

丁一上前把李沐风的名字圈出来："李沐风。他是十四年前的杀人犯，记恨段鸿山定性自己故意杀人，害他判了四年三个月。所以，他要报复。"

方灵渊像是突然想起了什么："欸，你今天是不是又迟到了？我看看考勤……三号、九号、十四号……这个月你已经迟到了四次。"

丁一以为方灵渊要拿这些把柄为难自己，赶紧否认："我今天没迟到！"

"因为你总是迟到，所以今天我自然觉得你又迟到了。"

丁一正想反驳，却意识到了什么："李沐风杀过人、犯过罪，所以我也总觉得李沐风不是好人。"

方灵渊笑了："不只是你，我也是。可如果一直在他身上纠结，就会没完没了。"

丁一发现方灵渊平素就像一只任性的猫，盯住什么，就会无视任何环境，死咬过去，可有时，她也有着猫一样的慵懒。或许就因为像猫，她比段鸿山多了几分亲切。

丁一问："那你觉得我们接下来该查谁？"

方灵渊的目光落在白板上的一个名字上，笃定道：

"陈婷。"

不知是不是错觉，丁一似乎从方灵渊的回答中听出了一丝敌意。

两人来到陈婷家楼下，丁一有些感慨，上一次和他一块来的还是他的老领导，有种物是人非的感觉。方灵渊走在前面，轻车熟路地停在了陈婷家单元楼的门前。

丁一有些奇怪："方姐，你认得路？"

丁一之前一直叫方灵渊"方检察官"，被方灵渊纠正了几次后，终于习惯叫姐了。

"我去过他们家对面，"方灵渊比出一个放光的手势来，"试手电。"

丁一恍然道："原来是你。"

方灵渊打开了门口 1403 号房的信箱，里面躺着两封信用卡对账单。

"这里的信箱，没有钥匙是打不开的吧？"

"对，钥匙我和租户各一把。"一旁的房东回答着。

"有人跟您打听过租户吗？"

"没有，起码这半年没有。"

"你们这儿的快递一般是送到家门口，还是驿站？"

"家门口，或者就在门口的消防栓、地垫下面。这小区住的都是些老人孩子，没人偷。"

陈婷家在十四楼，方灵渊在楼下根本看不清她家的情况，更何况是在下雨天。方灵渊扬起的脸庞上不时有雨滴落下。

"你不觉得奇怪吗？"

丁一不明就里："什么奇怪？"

"最近一直是雨季，雨会影响视线，从下面看哪户人家住什么人，基本没有可能。小区快递都是直接上门，除了快递员，其他人也很难知道她家的地址。陈婷也说过，她换了手机号和工作，每天出门都很小心。那张源到底是怎么找到这儿的？"方灵渊更像是在自言自语，"而且，陈婷已经出走了半年，半年都平安无事，张源为什么在这时候找来？"

"有人告诉了他地址！"丁一顺着方灵渊的思路说着，他开始适应这位新领导的节奏了。

"你说的是那个第三个人吗？"方灵渊思索片刻，"陈婷声称，张源当日动手的起因，是张源怀疑芦笋不是她做的，因为她从不削皮，但偏偏案发那天，桌上的芦笋是削了皮的。一个人做菜的习惯为什么会突然变了呢？"

丁一了然："是另一个人帮她做了饭！"

方灵渊思索着："陈婷案绝对不会是普通的巧合，而应该是某个人的计划。"

方灵渊和丁一今天的行程并不是突发奇想，而是和警方约好了要带嫌疑人重返案发现场进行引导取证。

这么多天以来，陈婷一直喊着想回家，此时，她身处久违的家中，却依然没有获得自由，也没有一丝呼吸到新鲜空气的感觉。阳台上的白裙子被连日来飞溅的雨水染得很脏，方灵渊盯着她的白裙子，让她觉得自己无所遁形。一切都让她觉得窒息，她开始颤抖。

方灵渊环顾客厅，停在刀架旁。刀架空着一格，她问陈婷："刺死张源用的刀，是你从刀架上随便拿的？"

陈婷无声地点了下头。

丁一把带到现场的凶器递给方灵渊，方灵渊拿过来，去和刀架上的空格做比对。显然，这把刀和刀架并不匹配。

方灵渊指出："这把刀不是这套刀具里的，是你单独买的。"

"这个我跟上一任主办检察官解释过。"

方灵渊打断她："我知道，你想说这把刀坏了，所以你重新买了一把。但每个人有每个人的办案思路。"

"买一把新刀，就是杀人的证据吗？"陈婷的表情扭曲了，"方灵渊，你很过瘾吧……高高在上地审判我，挖开我的伤疤，一点点折磨我……"

丁一诧异，陈婷的话似乎另有深意。

方灵渊像没听见一样，告诉陈婷："我判断的，是你的动机。你的案子有很多疑点，你和梅筝相似的口供，这把新买的刀，原本负责你案子的检察官被人举报……如果你知道什么，你现在可以说出来，也许还能从轻处罚。"

陈婷问她："你想让我说什么？"

"你杀害张源，主张正当防卫，是不是有人提前给你设计好的？"

陈婷眼神骤变，显然是想到了什么。但她最终还是说："没有。"

方灵渊有些失望。

方灵渊让陈婷演示了当天案发的情况，尤其重点重现了案发之后陈婷的行动，反复确认时间信息。确认完毕，方灵渊让警方带走陈婷。

陈婷没有立即走，而是突然停在方灵渊面前，露出了意味深长的笑容："方检察官，你的衣服真漂亮。"

今天方灵渊穿着妈妈给她手制的那件衬衫，她想起来，好多年前，陈婷也说过一模一样的话。

方灵渊几乎是逃进了洗手间，哗哗的水流声盖过了她的喘息气。

镜子里是十四年前的她，少女的短发湿漉漉的，水珠流淌到脸上，缝补过的校服也湿漉漉的。她用力拧干自己的衣服，抹了把脸。

丁一敲门的声音把方灵渊拉回了现实："方姐，你还好吗？"

方灵渊理了理头发，把妈妈新给她裁剪好的制服整平。再看向镜子，方灵渊已经表情平静得根本看不出发生过什么。她大步迈出了洗手间，丁一不放心地又问了一遍："你没事吧？"

"我没事。"方灵渊已然恢复了镇定。

"近日，我们发现一只海豚误入长江，正在想尽办法帮它重回大海。不知道它是怎么来到这里的，它对靠近的人类还很畏惧，我们只能远远地帮助它。在附近村民的帮助下，它正逐渐往大海的方向游去……"

每天半个小时的新闻联播，是段鸿山在看守所里为数不多能和外界产生连接的机会。在看守所，除了新闻，什么都看不了。段鸿山坐得远，垂着头，以听为主。国家发生的大事，不同城市的大事，经济上的、政治上的……他逐渐心不在焉起来。

这条轻描淡写的环境新闻，却让段鸿山抬起了头。电视上，这只海豚正穿梭在长江滚滚潮水之中，尽管有时会被突然掀起的浪花冲击，但它总是会想方设法地躲过去，继续坚定地往海湾的方向游去。

段鸿山看得入迷了，一旁的狱友好奇起来："你喜欢海豚？"

"我们不就像这只海豚一样吗？走错了路，却不知道该怎么回去。"

狱友笑了："段检，我发现你这几天都会跟我们聊天开玩笑了。"

段鸿山乜了他一眼："只不过是发现，有人跟我站在同一根钢丝上，安心了些。"

窗外的雨声愈来愈急，陈婷呼吸着潮湿的空气。被关在看守所的时间还不久，她却觉得像是过了半辈子。

她最挣扎、最痛苦、最复杂的情绪都被闷在了监室里，让她喘不过气。

她从没想过自己的人生会走到这一步。过去的三十多年，她很乖，成绩也不差，考上了好大学，找到了好工作，又在合适的年龄结婚生子，就像所有同龄人一样，甚至比大部分人过得还好。就因为张源打她，她逃离了张源，最后又刺了他十七刀，她的安稳人生彻底被打破了。

自由呼吸的时间太短了，陈婷又回到了监室里。窗户是封死的，她只能听到雨声，却闻不到雨后的空气。她以为自己已经习惯了，可出去了一趟，她再也忍受不了。

她想到了一个人，一个能帮她的人。

陈婷猛地起身，朝走廊高喊："警察同志，我想找律师！"

看守所的门开了，民警熟络地问好："雷律师！"

来人收起伞，是雷月。她招呼道："辛苦了，我又来了。"

"又来和段鸿山面谈？"民警正准备往男监区走。

"不，这次不是他。"

雷月才在会面室坐下，一道瘦削的身影便被领了进来。

陈婷坐下来，目光灼灼，嘴唇上干裂的伤痕清晰可见。

"我想你应该清楚，段鸿山是我的前夫，他现在也卷进了一场官司。我现在全身心都扑在他的案子上，可能腾不出心思来负责别的案子了。"雷月开门见山道。

"你要拒绝我？"

雷月耸了耸肩："你的案子其实很简单，只不过恰好和别的案子牵扯在了一起。我想，针对你的量刑建议，这几天就会有结论了。如果你想见孩子，我可以想办法安排你在判刑后见他。"

"雷律师，你难道没有意识到，我和段检现在同在一根绳上吗？"

陈婷的话倒是引起了雷月的兴趣。她向前靠了靠，示意陈婷继续说下去。

"我为了自保，杀了我的丈夫，段检要定性我正当防卫。如果我没猜错，有人举报了段检，才引起了后面一系列事。如果我最后被判故意杀人，那段检会怎么样？"

雷月笑了笑："大家就会认为，举报是真的，段鸿山是有意包庇你。他怕事情暴露，所以杀人灭口。"

陈婷激动地说："但如果我真的是正当防卫，那就不一样了！段检没有做错，他也不在乎什么举报，他是无辜的。"

"你们倒是同命运了。"雷月用调侃的语气表达了自己的犹豫。

"我们是你一箭双雕的好靶子啊。"陈婷探身，渴求地盯着雷月的眼睛,"两起正当防卫案的胜诉,不能帮你在武岩的律师界再上一层楼吗?"

"你好像很了解我?我们不认识,是有谁向你说过我的事情?"

"你不该是在意这种旁枝末节的人。"

雷月饶有兴致地望着眼前的陈婷:"那只谈主干,我能问你个问题吗?"

"你和段鸿山有不正当关系吗?"

"没有。"

"那梅筝呢?"

"我不知道。都是旁枝末节。"

检察院很快收到了雷月的求情信。

尊敬的检察官:

  我是陈婷涉嫌故意杀人一案的辩护律师雷月,现请求贵院对嫌疑人陈婷立即启动犯罪羁押必要性审查,对陈婷立即解除刑事强制措施,立即释放陈婷。本人作为多起正当防卫案的辩护律师,现发表如下理由:

  第一,陈婷所采取的防卫行为符合特殊防卫的法律规定,对侵害人致死不负法律责任。本案中,张源持刀闯入陈婷家中杀害陈婷,是严重危及人身安全的暴力犯罪。陈婷所采取的防卫措施,针对的是正在发生的不法侵害和不法侵害者本人，完全符合刑法的规定。

第二，本案与过往反杀案比较，其发生地点、危险程度、保护的法益，更具有典型意义。本案中，张源持刀闯入他人家中，现场并无他人可以求助，危险程度更高。而不法行为侵犯的法益不只是陈婷的生命健康权，还包含住宅不受侵犯的权利，因此不法侵害上有复合型、持续性。陈婷作为独自抚养孩子的女性，面对一个持有凶器的高大男性并不占据优势，而陈婷使用的反击工具也是现场拾取，张源携带的却是预先购置的专案工具。

第三，本案侦查机关以及贵院仅是一味站在不法侵害人死亡的角度，认定嫌疑人陈婷杀人，却忽视了嫌疑人客观存在的困境，并未从防卫人员角度出发，而是苛求防卫人员在特殊时间内做出最合理的选择，该种做法严重违反法律适用。在本案中，贵院以及侦查人员应当置身案发现场，谨慎考虑，如果嫌疑人不反击，是否会被不法侵害人侵害致死？

由于本案性质特殊且群众关注度高，尤其受社会中弱势群体的关注，本案的处理将在一定程度上体现社会对弱势群体的保护力度，因此本案更具有典型意义。法律应服务于社会的公正与进步，贵院的处理方式，将影响广大群众对法律的全新认识。希望贵院与专案人员能谨慎处理本案，为维护法律起到应有的表率作用。

　　此致

陈婷辩护律师
雷月

　　方灵渊看着手中的这封信，眉头紧皱："说是求情信，我看这分明是糖衣炮弹。"

　　丁一不解："什么意思？"

　　方灵渊指着信件上的内容逐条分析："你看这信的措辞：第一点，是法理分析，不是重点；第二点，是过程辨析，也不是重点；厉害的是第三点，她开始引导检察官去感受当事人的心境，看起来是在动之以情，其实是有意识地让检察官脱离法理而陷入人性思考。人性就是一个深渊，越去观察人性，就越会激发自身的敏感脆弱。整篇求情信，重点在最后一段。她在告诉已经陷入感性的主办检察官，把前述模棱两可的案子定性成正当防卫，不仅能给检察官带来巨大的个人荣誉，还是安全的。"

　　方灵渊知道丁一未必能听懂，但还是要讲给他听。她不知道段鸿山平时是怎么教丁一的，但她的习惯是，让新人去理解最残酷的逻辑。

　　方灵渊将手中的信件收好，放进抽屉里："帮我约个时间，和她见一面。"

雷月坐在检察院的律师会面室中。

雷月知道，这是专门用来保障律师会面权利并听取律师辩护意见的地方，换言之，这里是争取嫌疑人免予起诉的第一战线。方灵渊在这里约见她，想必是因为自己的那封信。她觉得方灵渊可能是一个有野心的人，也可能是个有理想的人，但不管野心还是理想，在她看来都差不多。

从约见她的那一刻开始，方灵渊就进入了雷月的布局之中。

"我看过你的那封信了。"方灵渊看向雷月，"够狠，够毒，却通篇写满了对各方的善意。原来，你才是段鸿山最得意的徒弟。"方灵渊的眼神中没有渴求，只有凌厉的审问意味。

雷月不慌不忙地劝她："现在疑点利益归于被告，附和疑罪从无原则。你们目前也没有进一步的证据，陈婷就是正当防卫。而且，现在这起案子由你主办，如果你突破性地定性她为正当防卫，陈婷案将是今年的典型案例。如果我还是检察官，这就是我梦寐以求的案子。"

"我本来以为，段鸿山只是同情陈婷。但看了这封信我明白了，段鸿山也不过是为了通过这个案件拿奖吧？他在下一个叫作'正当防卫'的赌注。周德龙举报段鸿山在陈婷案有违规行为，既然如此，只要能证明陈婷确实属于正当防卫，就能证明周德龙举报是有意陷害。周德龙被打成坏人，段鸿山就是正当防卫。"方灵渊顿了顿，

"还要多谢你这封信。这让我明白,你们手里已经没有其他的牌了。"

雷月只是笑,看不出紧张,也看不出不紧张。

又要去见方灵渊了,段鸿山思考着,如果这个案子由他来办,现在该走到哪个阶段。

通常,他会先带刘少兰确认卷宗,记下证物、证词的疑点,再拉上丁一走访案发现场、讯问嫌疑人。遇到矛盾点,丁一和刘少兰会争辩,段鸿山则一边听一边在墙上梳理案子的人物关系。清楚了案件事实,段鸿山才会下法律判断。

但他不知道方灵渊是怎么办案的。

检察官不是神,而是人,是人就会受别人影响。检察官与嫌疑人之间的博弈,通常是谁能控制节奏的博弈。

方灵渊是个新对手,段鸿山对她没那么熟悉,但对武岩市检察院的每一个人,他了如指掌,尤其是检察长宫平。虽然案子交给方灵渊办,但市检察院一定会安排人参与。到时候只要观察这个人,他就能反推方灵渊的思路与行动。

跟他想的一样,市检察院果然有人参与了进来。人选是丁一,这倒是令他有点儿意外。

段鸿山先开口道:"对不起。听说申诉的人很多,给大伙儿添麻烦了。"

有段时间没见段鸿山了，丁一觉得他瘦了，忍不住说："段检，你受苦了。"

方灵渊轻咳一声，丁一才意识到此刻自己的身份。

方灵渊告诉段鸿山："他跟宫检打过报告，不用回避。"

段鸿山问方灵渊："今天来打算问点儿什么，还是关于渔场杀人的细节？"

方灵渊却说："想问问陈婷的案子。雷月接手陈婷案，这难道不是你引导的吗？陈婷案赢了，就能为你的案子争取正当防卫。"

段鸿山却不赞同："一个案子就是一个案子，怎么能这样连呢？"

"话虽如此，但司法实践中还是会相互影响。而且雷月是脱检律师，她很擅长。"

段鸿山不置可否。

方灵渊乘胜追击，问段鸿山："但你就不怕陈婷案输了吗？"

段鸿山说："受害的妇女，家暴的丈夫，不管是出于情、理，还是法，她都是正当防卫。"

方灵渊反问："陈婷案中，梅筝的证词至关重要。正因为她们之间有纠葛，证言可信度反而更高。但如果她是有计划杀人呢？"

没等段鸿山回应，方灵渊就拿出了证据——那些周德龙跟踪偷拍到的梅筝和段鸿山私会的照片。方灵渊的意思不言而喻：段鸿山时常与梅筝接触，是他替两个女人设计了一切。

"我每办完一起案子,都要对当事人释法说理,这项工作可能几天就结束,也可能持续几个月,甚至几年。"

"那你就是不否认和梅筝有联系了?"

"我不否认,但拒绝被联想。"

方灵渊突然点出:"陈婷案有个重大疑点,你自始至终都没有提到。半年来,陈婷想尽办法躲开张源,搬家,换手机号,甚至换了工作。他是怎么突然得到陈婷家的地址呢?"

气氛凝滞,方灵渊笑了。

"麻烦给段检倒杯水吧。"话是对着看守说的,身边的丁一反而下意识地起身。方灵渊敲了敲桌子提醒,丁一才反应过来,又坐下继续记录。

很快,一杯水放在了段鸿山面前。段鸿山端起水杯,一饮而尽。他身上的伤还没有完全好,水喝得很痛苦,丁一看了有点儿难过。

放下空杯子,段鸿山说:"陈婷不是专业间谍,有太多途径可以暴露她的行踪。疑点利益归于被告,在陈婷案上你过于严苛了。"

这是方灵渊对段鸿山的第三次审讯。

方灵渊看着丁一,段鸿山说什么,她都不意外。对她而言,丁一最能呈现风向。他对段鸿山的话更信任还是更怀疑,在一定程度上代表着旁观者的感受。

丁一在动摇。

李沐风坐着大巴车去省城参加玻璃工艺大赛的颁奖活动。

从武岩去省城，需要四个小时。拥挤的长途车摇摇晃晃地行驶着。李沐风护着手里提前熨好的西装，以免弄脏。出门前，他特地洗了澡，刮了胡子，车窗上映出他此刻的样子，俊朗，清秀，像十八岁那年的自己。

身边的人昏昏欲睡，只有他格外精神。

途经省城检查站，旅客们需要下车接受检查。检查站的警察穿着荧光绿的背心，眼神似探照灯，核查着每一名旅客的身份。他们用机器扫过一张张身份证，很快就轮到了李沐风。他递上身份证，机器扫过的刹那，警察的神色变了。

警察警惕地扫视李沐风，将他领到一边，用安检设备把他仔仔细细地检查了一遍，又详细盘问他为什么去省城、去见什么人。

其余旅客好奇地看热闹，不知道这个被警察特殊对待的人到底是什么人。

再三确认无误，警察才放李沐风离开。等李沐风重新上车，忽然发现，乘客们都看着他。他听见有人认出了自己，那人说："他是李沐风，以前三中的，上学的时候杀过人！"

原本拥挤的座位四周一下子空了，乘客们避着他，像在躲避什么不干净的脏东西。他默默地拿上自己的西装，坐到了最后一排。

来到展厅后，李沐风换上了那件黑西装，他没有被路上的事情影响。

展厅被各式各样的玻璃工艺品占满了，这既是一场比赛，也是一场艺术品展览。大约是人靠衣装，此刻，他显得体面、笔挺，宛若一名优雅的绅士，完全褪去了在玻璃工坊时的随性和脏乱，引人侧目。

他望向琳琅满目的展厅，里面陈列着各色设计的玻璃制品。斑斓绚烂的色彩在展厅缓缓流动，几乎让李沐风目眩。

李沐风却看得很清楚。所有展品中，只有他的作品拥有最多的观众。人们驻足在他的作品前，对他蕴含在作品中的巧思不吝赞美，认定他的作品将毫无悬念地摘得这届比赛的冠军。

熙熙攘攘的人群中，他意外地看见了一个熟悉的身影——那是他的母亲。

几天前，他专程给母亲送去玻璃工艺大赛的门票，一共三张。看到他来，母亲显然是高兴的，却也很紧张，因为母亲的现任丈夫不愿和他这个前科犯扯上关系。好巧不巧，他准备走时恰好撞上母亲的现任丈夫回家，母亲只好让他藏起来。黑暗之中，他听见了两人的吵架声。男人抱怨着李沐风的案底可能会影响到他儿子将来考公和就业。

"对不起。"李沐风临走前向母亲道歉。

母亲却只说："你最对不起的是你自己。"

那次见面并不愉快，李沐风没想到母亲竟然会来，还是带着现任丈夫和弟弟一起来的。弟弟好像很喜欢自己的作品，一直绕着那只笼中豹看。

这一刻，李沐风觉得自己有了重新生活的勇气。

有人说，这寓意管中窥豹，君子豹变。有人说，这个作品比例准确，参赛者应该有雕塑基础，而且玻璃的色彩很现代，放在豹子身上，表达了工业社会的困境与自然野性的矛盾，兼具美感和深意。还有人说，这是他最喜欢的作品。

赞许议论声不绝于耳，没有人提到里尔克。但李沐风还是不由自主地绽开笑意。

"祝贺你，你跨过了那道栏杆。"李沐风的身后，方灵渊的声音响起。

李沐风回头，有些意外："你怎么会来？"

几天前，他去取衣服的时候提起过比赛的事，只是没想到方灵渊竟然会真的过来。

"我单位在这儿呀。这趟出差时间长，我过来接我的猫。等你得了奖、有了头衔，是不是再想买你的作品就难了？"

李沐风笑了："对啊，所以你得赶紧预约。"

"我要给我的猫定做一个猫碗。"说着，方灵渊给李沐风看了小猫的照片，并介绍说，"它叫小闲，很可爱的。"

两人正聊着,场馆的灯暗了下来,马上就要公布比赛结果了。

方灵渊小声恭喜他,李沐风也答应会给小闲做个最漂亮的猫碗。这一刻,他们都满怀着期待。

评委宣读着获奖者的名单,追光亮起,依次照在获奖者身上。然而,那束光,始终没有投到李沐风身上。李沐风一直待在黑暗里,仿佛融入其中。

过后,方灵渊找评委理论道:"九号为什么没获奖?"

"不高级呀,开始看着还不错,能给人带来很多遐想,感觉有种人性的表达,你就以为作者很深刻嘛。结果其他选手跟我介绍,说这名选手杀过人,坐过牢!这还怎么解读,就是铁栏杆关了个自己嘛。再说,评论评价任何人,都得有个导向意识,讲艺术之上还得讲政治讲影响。把他评上去,别人怎么看?你再看这个作品,就是不高级呀。"

方灵渊回来却跟李沐风说:"是有人动用关系抢了他的名次,这种事很常见,不用气馁。"

李沐风说:"谢谢你,其实刚才我从你后面过去,都听见了。"

豹,孤寂地被困在无尽的铁栏杆里。

第六章

这种正确是残忍的

段鸿山问:"见着了?"

"见着了。"雷月用公事公办的语气回答,却又接了一句,"我要是还在这儿干,我肯定比她干得好。"

段鸿山知道这个"她"指的是方灵渊:"为什么?她差在哪儿了?"

"胆子太大,像那时候的我。当检察官,胆小一点儿才好。"

"陈婷为什么害怕她,你问过了吗?"

"她还没有完全信任我,她说的,我也不信。"

"你下一步,找陈婷问出她和方灵渊的关系,如果我没有猜错的话……"

雷月打断段鸿山:"你以为我还是那个只能崇拜你的

助理检察员吗？作为委托人，你应该绝对信任你律师的能力。"

"我没有那个意思……"

"你真以为，什么都在你的掌握之中吗？"

雷月决定结束会面了。

"你……不会放弃我吧？"

"不会啊，你要相信我。"雷月笑得像只狡黠的狐狸。

李沐风猜不透雷月的来意，自从十四年前结案后，他再没见过她。

雷月一开口就是扎心的话语："我听说你没拿到名次。"

"得了名次我也是个工匠，没名次我还是个工匠。我想通了，变不了。"

"可惜了，多好的手艺。"

"干我们这行，东西好不好、值多少钱，都是客人定的。没什么可惜的。"

"是贵是贱，看的都是作者的身份。如果你没坐过牢，我保证你的作品会很贵很贵。"

"都过去了，改变不了。"

"坐过牢这件事改不了，犯罪这件事还能改。十四年前，你就是正当防卫，为什么不选择申诉？只要你申诉成功，就是当时的检察官定性错误。你的名誉，就能恢复。"

"这应该会对段检不利吧。"

"狐狸"又笑了,指着旁边一盒玻璃跳棋说:"我觉得这个值十万。"

天上落下细密的雨点,方灵渊刚参加完一场令人糟心的聚会,正冒雨往家走。

同学会每年都办,方灵渊总是以人在省城为理由逃避,可这次回老家查案,终究是推不掉了。酒是凉的,人情是热的。许久未见的老同学们就像在闷热天气中转眼间冒出头来的蘑菇似的,精神百倍地社交、炫耀,讲着半真半假的往事,给未来蹚路子。

几个人端着酒杯围住她,"方检,方检"地叫着。她的回答客气而疏离:"副检察长以上才叫检,你们这么叫是让我犯错误。"

接着便有人提起陈婷,方灵渊清楚,她不来,陈婷也会是这次同学会的焦点话题。她要是来了,这些人便聊得更加火热。他们很快便忘了方灵渊的存在,肆无忌惮地讲陈婷的故事。毕竟,在他们的记忆里,方灵渊也没怎么存在过。

没怎么存在过的方检察官很快便腻烦了包间里的闷热,于是随便找了个借口,离开了这场比应酬还无聊的同学会。

回家的路上,有一座小石桥。方灵渊往家赶时,瞧见桥上有一个人站在雨幕中，打着伞，光着脚，望着某处。

是李沐风。

方灵渊钻进他伞底，问："你鞋呢？"

"踩在了泥里，一下没拔出来。"

方灵渊更奇怪了："那怎么不回家，在看什么？"

"蜘蛛。"

顺着李沐风的视线望去，方灵渊看到，一只蜘蛛在这座很久没人打理的石桥上筑了巢。

"你听说过蜘蛛丝的故事吗？"也许是刚离开了糟心的同学聚会，方灵渊想要找人说说话，语气也是轻柔的，"一个杀人犯掉进了地狱，但他救了一只蜘蛛，佛祖感动，就垂下一根蛛丝，让他往上爬。没想到，地狱里的其他人——放火的、偷盗的、强奸的，都顺着蛛丝往上爬。蛛丝快要断了，杀人犯害怕极了，让其他人滚下去。这时蛛丝断了，他坠回了地狱。"

李沐风叹了一口气："这是在说段鸿山、陈婷，还是我？"

方灵渊一怔，转过头去看李沐风，才发现他眼底满是哀愁。

李沐风说："佛祖真的是感动吗？只有身处地狱的人，才能感觉到他是在嘲讽。你以为做了一件好事就能自我安慰、欺骗自己，觉得自己不是坏人只是迫不得已，他就是要向你证明，罪人就是罪人，救不了。"

"可如果杀人犯不把其他人赶下去，他就能获救。"

"那其他人也会离开地狱,对吧?"李沐风反问,"他们什么好事也没做,为什么也能离开地狱?佛祖的标准,到底是什么?"

方灵渊被问住了。

"说到底,佛祖早就在心里判定这个人会再次犯错。他最终没救出任何人,但世人都觉得他慈悲。"觉察到方灵渊的沉默,李沐风连忙找补了一句,"我不是冲你。"

"我知道。"方灵渊摘了一片叶子,给蜘蛛挡住雨水。

"如果……"李沐风试探道,"换成你是佛祖,十四年前,你会剪断蜘蛛丝吗?"

"有蜘蛛丝放下来,那救蜘蛛的行为就得到了回报。对佛祖来说,他希望让其他人都看到,救蜘蛛,自己也会得救。这是放下蛛丝的意义。但别人是选择救蜘蛛,还是抢蛛丝,谁也不知道。"

"所以,放下蛛丝是正确的。"李沐风淡淡地说,方灵渊刚想回以笑容,却被他紧接着的一句话钉住了,"但这种正确是残忍的。"

李沐风把伞留给方灵渊,光着脚离开了。

检察院的信访大厅像医院,接待窗口就是分诊台,"病人"的"病历"五花八门。对于门卫来说,这些都是熟面孔,他们大多是不满量刑结果,日日堵在这里讨个说法,等时间久了自然会散去。

今天,接待窗口前多了一名玻璃匠。

工作人员问："申诉什么案件？"

李沐风说："二〇〇五年'六·二八图书馆杀人案'。"

对面的工作人员一愣："这……有十四年了吧？"

"我听说，现在检察官办案要终身负责，你是觉得十四年太久，还是觉得十四年前的案子不重要？"

工作人员连忙解释："我没别的意思，只是相隔十多年，再申诉会很困难。"

"会有我这十四年来的生活困难吗？我背着杀人犯的罪名，错过了大学，找不到工作，无论走到哪里，都会被人当作潜在的危险。没有人在乎我当年真正经历了什么！"

他不是来闹事的，更不是来索要赔偿的。无论申诉结果如何，代价他都已经承受过了，但他还是要证明，当年的定性错了！他不是杀人犯！

李沐风很平静，可他的话却像汹涌的浪潮："时间不会抚平伤痛，只会发酵错误。无论是现在，还是十四年前，我都是被害者，我从没想过伤害任何人！我是正当防卫！我，申请人李沐风，依法申诉！"

检察官每办一个案子就像盖一栋房子，有的房子是砖头盖的，有的是木头盖的，有的则是稻草盖的。而申诉人，就像一匹狼，是过来拆房子的。

证据是盖房子的材料，如果它牢固，房子就能屹立不倒。如果它有问题，案子就会被整个推翻。原先盖房子的人，也就是案子的主办检察官将被追责。检察官总说"案结事了，不是结案了事"，便是要对自己盖起的每一栋房子都终身负责。

十四年前的案件被重新提起申诉，市检察院为此专门开会进行讨论。有人认为是段鸿山的释法说理没有做好，应该受理；有人反对为陈年旧案浪费时间。

长桌两侧的人，各有各想法，宫平被夹在中间。他也在这两股声音之间摇摆不定，于是提出了一个方案："投票吧。"

方灵渊却说："我不建议投票决定。"

众人望向方灵渊。

自从段鸿山涉案以来，有太多百姓前来申诉，他们的案件也许有问题，也许没有。十四年前的图书馆杀人案，可以算作一个典型，她认为值得为此开一场公开听证会。如果案件有问题，那他们就立正挨打向百姓道歉。如果段鸿山的定性确实没问题，他们也可以借此重塑百姓对检察院的信任。

会议最终决定，针对李沐风的申诉，举行公开听证会。

蜘蛛丝又垂下来了。

方灵渊负责调查证据，第一站就来了玻璃工坊。

她向李沐风解释自己的来意："段鸿山被抓，你的申诉暂时由我负责。我今天来，是想问问你十四年前究竟发生了什么。"

李沐风有些抗拒:"检察院不都会保留案件卷宗的吗?"

"可卷宗是片面的,我不想只看那些冷冰冰的笔录,我想听你亲自说给我听。"

李沐风深吸一口气,他不想回忆这些,可还是开口了:"六月二十八日,参加完大学的招生宣讲会,我想趁机去图书馆把之前借的书还了。"

"借的是什么书?"

"是里尔克的诗集。在走廊时,我听见有间阅览室里传来女生的呼救声。图书馆一直很安静,我猜一定出事了,顺着声音跑过去,就看见了周林和梅筝。"

"你认识他们吗?"

"周林是我们年级的风云人物,成绩差,爱打架,欺负同学。我知道他,但不认识。梅筝比我高一级,我在图书馆见过她几次,但不熟悉,也没有说过话。"

方灵渊引导:"他们当时是什么情况?"

"我看到梅筝被周林按在书架上,周林还在撕扯她的衣服。我没想太多就冲上去阻止,挡在梅筝和周林之间。我可能骂了周林两句,让他不要欺负女生,就拉着梅筝想走。没想到周林突然拿出了一把刀。我没他力气大,更何况他还拿着刀!他持刀袭击我,我既要躲,又要护着梅筝,差点儿被他划伤。情况太危急,我只能选择反击。我抢过他的刀,反手刺了过去。之后,周林就倒下了。"

"被周林殴打期间，你和梅筝都没有呼救吗？"方灵渊问道。

"图书馆很深，我们在最角落的区域。我们呼救过，但没有人回应。"

"你去救梅筝，是因为喜欢她吗？"

李沐风否认："我听见女生的求救声音就去了，不知道里面是谁。"

"你想强调，你是见义勇为？"

"如果能预先想到是这个结果，我不会去。"

"那把刀是周林的？"

"是周林的。"

梅筝家的格局和陈婷家的一模一样，方灵渊熟悉，进了门，穿过客厅就到了阳台。阳台对面就是陈婷家那栋楼，方灵渊打开手机相机，朝着对面放大，开始录像。录像不算清晰，但能看见陈婷家阳台上晾着的白裙子。方灵渊感慨，不知道晚上录像的话，效果会怎样。

方灵渊又进了洗手间。洗手间不大，台子上只有一个漱口杯和一支牙刷。柜子里都是女士的化妆品和护肤品，厕所更换的塑料拖鞋也只有一双三十七码的。看来，梅筝没有和别人同居。

梅筝终于忍不住问："是陈婷案有了新进展？"

方灵渊像是才想起来一般，告诉梅筝："我不是为陈婷的案子来的。李沐风申诉了，检察院要开一场公开听证会，你是当年的重要证人，能出面做证吗？"

梅筝问："会像法庭一样出传票吗？"

方灵渊说："检察院的公开听证会，不会强迫人参与。"

"抱歉，我没空。"

方灵渊意外道："我以为你会想帮他。"

"伤好了撕开，又好了又撕开，再好了再撕开，那种痛苦你懂吗？对不起，现在我只想保护自己。"

会面室内，段鸿山只是抬头望着。

方灵渊仿佛已经摸透了他的心思："我知道你一直都想要重启正当防卫，但在陈婷案上不会那么顺利的。"

"重启正当防卫是为了让司法理念得到执行，是为了这个法条更好地服务大众。"

方灵渊说："其实现在还有一个机会，将旧案重提、二次定性，这不也是一种方法吗？"

段鸿山哦了一声，沉默很久之后问道："是以前的案子有错吗？"

"有没有误，还不能确认。但只要能把它拿出来公开讨论，就是进步。"

段鸿山面露不悦："你的话当然有道理，但你有没有想过，一旦开了这个先例，会有多少过去的案子重新找过来？这将会给我们的同事、给整个检察系统带来多大的麻烦？"

在方灵渊心里，"麻烦"从来不是首先要考量的。她不假思索道："可我们不能视而不见。有多少人将这个法条当成一条能把他们从地狱里拽上来的绳子，既然放了这条绳子下去，就不能剪断它。"

段鸿山愣了一下，立刻反应过来："你说的旧案是图书馆杀人案？李沐风提出了申诉？"

方灵渊笑了："你觉得很意外？"

段鸿山无论如何也想不通："以当时的情况，我对他已经从轻量刑了。他出狱后，我帮他找了工作，还时不时去看他，鼓励他重返社会。这么多年，他都没有申诉。他现在申诉，是不是有人怂恿？"

方灵渊从不否认段鸿山做过的事，只是尽自己的理解，阐述起段鸿山的办事方法来："我听过你办案的方式，就像画一个圆。对你来说，案件的切口很重要，收口更重要。过后，向已经判刑的嫌疑人给予帮助，提供情绪价值。即使案件存在瑕疵，他们也会因为人情世故作罢。这就是你提倡的，把案子办圆。"

段鸿山说："圆则行，方则止。"

"当初你定性别人是防卫过当。如今你面临同样的情况，却坚称自己是正当防卫？不觉得这也是个圆吗？"方灵渊说着，打开了手机里的一条视频。

那是李沐风申诉时的监控视频，他的声音传了出来："会有我这十四年来的生活困难吗？我背着杀人犯的罪名，错过了大学，找不到工作……都会被人当作潜在的危险。没有人在乎当年我真正经历了什么……时间不会抚平伤痛，只会发酵错误。无论是现在，还是十四年前，我都是被害者，我从没想过伤害任何人！我是正当防卫！我，申请人李沐风，依法申诉。"

段鸿山沉默了。方灵渊叫了段鸿山几次，接连说着什么申诉后的安排、召开听证会的时间等。其间，段鸿山都没反应。

"你听明白了吗？"方灵渊再三确认。

终于，段鸿山有些失态地垂下头，大声喊："方检察官，帮帮忙，不要再说话了！"

这是方灵渊对段鸿山对的第四次审讯，也是说话最少的一次。

看着有些失神的段鸿山，方灵渊忽然生出一种唏嘘。段鸿山今日的处境，也许在未来某一天也会成为她自己的困境，每一个检察官都可能面临这样的困境。

沉默了片刻，方灵渊还是开口道，"听证会，我需要你以当年主办检察官的身份在线列席，可以吗？"

段鸿山说："依法，我不能拒绝。"

离看守所不远的一处楼顶，站着李沐风与段滢。李沐风指着看守所的方向，告诉段滢左边的是女监区，右边是男监区。

曾经他就在里面生活，走进去到走出来，时间不长，却改变了他的一生。之前，他是法学院的预备生，未来光明，前路坦荡。可走出来，他就成了杀人犯，镣铐一旦戴上，就再也摘不下了。

几个小时前，段滢找到工坊，问他："我爸爸对你那么好，你为什么要申诉？"

李沐风想过，干脆直接告诉段滢，这一切都是她妈妈让他这么干的。可话到了嘴边，李沐风又不忍心了，只是让段滢回家。段滢却站定，不愿意离开。

"你带我去看守所，去见我爸爸。"她看上去很坚定。

李沐风没有停下手里的工作，头也不抬，告诉段滢那里谁也进不去。

"我在当玻璃匠以前，因为杀人坐过牢。你还敢跟我走吗？"幽幽的一声，比李沐风手里的玻璃还冷。

"我敢！"段滢的回答毫不犹豫，"爸爸说过，你不是坏人。"

李沐风不能把段滢送到段鸿山身边，只能走到这里了。

"《中华人民共和国刑事诉讼法》规定，人民检察院对直接受理的案件中被拘留的人，认为需要逮捕的，应当在十四日以内作出决定。在特殊情况下，决定逮捕的时间可以延长一日至三日。"段滢很严肃地背诵起来。

李沐风没想到段滢会这么熟练地背出法条。

"我在网上查过了。"段滢没有哭，只是哀怨地望着眼前的墙，"新闻说我爸爸杀了人，妈妈说他没犯错，同学们都说他是坏人。我现在也分不清，爸爸到底是好人还是坏人。"

李沐风问:"你有没有被老师罚过?"

段滢点头:"有,她说我欺负同桌、找碴儿打架,但明明是他先动的手。"

李沐风说:"但只要老师罚了你,所有人都会认为,是你先动的手,你犯的错。"

段滢琢磨着他的话。

李沐风心中涌起一阵悲凉:"普通人的观念里,刑罚就是法。受罚就是违法、有罪,没罚就是无罪。"

段滢好像明白了。"受过罚的,不一定是坏人。"她望着李沐风,追问,"那我爸爸会受罚吗?"

李沐风不知道该怎么回答这个问题,干脆扯开了话题:"想看看你爸爸吗?这个时间,他们应该在放风。"

李沐风从衣服兜里掏出两块凸透镜,叠放好,示意段滢凑过来。

两片玻璃成了一个简易的望远镜。段滢透过玻璃片,看向看守所高处的平台。

段滢好奇道:"你怎么会知道这个地方?"

"因为我从前就往这边看,想知道会不会有人来看我。"

很快,段滢便从放风的人群里找到了段鸿山。距离很远,"望远镜"里段鸿山的身影不过是一个很小的点,段滢却觉得他有些茫然,有些焦虑。

在女儿段滢眼中，失去自由的父亲一定是失落的。段鸿山此刻确实是失落的。

方灵渊走后，他猜想李沐风申诉这件事有可能是雷月引导的。他尝试申请要见雷月，可几次都没有联系上。

武岩三中校门口的米粉店，支着三四张折叠桌。方灵渊在一张桌子旁坐下，要了一碗米粉。老板招呼说："你样子变化挺大，口味没变吧？"

"您还记得我？"方灵渊没想到，这么多年没来，老板还认得她。

老板笑着说："我就记性好。"

方灵渊想了想，翻找出几张照片来："那您看看还认得这几个人吗？"

"这个学习特别好，"老板一眼认出照片中的李沐风，忍不住唏嘘，"可惜杀人了。"

"这个，没什么印象，应该是不来我这儿吃饭的。"老板指的是梅筝的照片。

最后一张照片是陈婷。"这个嘛，她不是跟你……"老板话没说完，看向方灵渊。看方灵渊的表情没什么变化，老板便接着说："这个姑娘平时不怎么会来，一般都是周末和一个男生一块来，个子高高的，戴个眼镜，模样挺斯文的，估计是她小男朋友。"

方灵渊有些意外，又找出一张照片问："是他吗？"

"是他。"

手机上，是张源的照片。

方灵渊又滑出周林的照片，问："那他呢？"

从校门口到图书馆，大约两百米。方灵渊曾经觉得这条路好遥远，如今想来，不过是两分钟的路程。

方灵渊摇了摇头，这样精确的计算有什么意义呢？如今成为检察官的她，早已清楚，"精确"是这个世界上最可怕的字眼，因为它是那样脆弱不堪，只需蝴蝶振翅，便能摧毁计划中的每一片砖瓦。

不知不觉间，方灵渊走到了图书馆。

雾气依旧在热浪中蒸腾，扭曲的空气让这段两分钟的路程又成了最漫长的路。

三中建校百年，很多古树遮蔽着通往图书馆的路。主教学楼早已翻新，很是气派。相比之下，图书馆依然是老样子，墙外爬满了薜萝，很难说是古朴还是寒酸。

图书馆不大也不小，三层楼，远超普通中学图书馆的规模。因为三中算是名校，出过几个文化名人，又经常有故去的校友捐书，所以藏书量很大。

进门处，有张图书馆管理员的桌子，管理员时常伏着睡觉。现在已经设置了电脑，可以自助查询图书了。方灵渊上前搜索《里尔克诗选》，书存在二层三号房间六排三列。

方灵渊默数着，指尖在阳光下找寻着，然后找到了那本《里尔克诗选》。书上落满了灰，也不知道多久没有被人翻阅过了。方灵渊翻到封底，抽出借书卡，便看到了那个名字——李沐风，后面是手写的时间："2005年6月27日借／2005年6月28日还。"

方灵渊循着记忆来到了三层，长廊的一侧，是按文史、物化、国外名著等类别分别存放不同书籍的房间。门都很窄，进去之后，房间很宽。最深处的这一间，窗户朝西，每天只有两点到五点这段时间能够有阳光晒进来。

一缕阳光钻进方灵渊的手心，现在这个时间，就是十四年前的案发时间。她站在案发的位置，回想着每个人的证词。

李沐风说，周林身上掉下一把刀，他特别害怕。

梅筝当年的证词是："我不知道李沐风从哪里拿出了一把刀。"

但从检方的调查结果来看，有同学能证明，周林进入图书馆前，身上没有携带任何刀具。

李沐风无法证明凶器不是他的。这大概就是他当年被定性为防卫过当的原因。

十几年来，方灵渊一直在心中复盘这个案件。她一直觉得，检察官站得太高，视野太宽阔，会用合理性解释一切，很容易忽略某些细节。而中学生时代的自己，才能更贴近当时的梅筝、李沐风、周林，因为这间图书馆也是她那时候的避难所。她深信，可以在这里看到段鸿山看不见的东西——关于刀的某种可能。

想到这里，方灵渊感到一阵恐惧，《里尔克诗选》落在了地上。旧书的书脊很脆，一下摔散了几页，方灵渊赶紧去捡。

心，跳得好厉害，仿佛回到了十七岁。

方灵渊喊了一声——楼很深，深到吞噬了她的声音，就像当年，吞噬了几个当事人的嘶喊声。

声音传不到楼下，她确认了。

走出图书馆，方灵渊没急着往校外走，而是向图书馆背面走去。那里有一片花坛，每年这个季节都会种绣球花。

方灵渊看着花坛，绣球花还在，一片浅粉。十四年前那个夏天的绣球花是蓝色的。她忍不住伸手拨开花丛，绣球的波浪摆荡，花丛里是一片空。

方灵渊停在玻璃工坊外，收起雨伞。离开图书馆后，她不知不觉就走到了这里。

推开门，传来一阵清脆的风铃声响，终于不是黏腻的雨声了。

李沐风把玻璃碗往窗外一递，接了一碗雨水，明黄色的灯光里，碗底照出几条游动的小鱼。这是他答应给方灵渊做的猫碗。

"小闲一定乐坏了！"方灵渊高兴之余，又生出一丝感慨，"你磨炼出这样的手艺，得吃多少苦。"

李沐风却说:"做出来的东西,有人喜欢就行。"

展柜后是一列只能照到胸部的低矮镜子,将二人分隔在柜台明暗的两侧。镜像中,方灵渊脖子下是李沐风的工装,李沐风脖子下是方灵渊的制服。李沐风看得出了神,从自己杀人的那一刻起,他和方灵渊的人生轨迹就不一样了。

"同样是吃苦、努力,你到了今天的高度,而我,不往下堕就已经拼尽全力。"

"说实话,上学的时候我很羡慕你。"方灵渊说。

"如果现在过得好,就不会一直怀念过去。只有我这样的人,才会一直希望停在十八岁的暑假。"

方灵渊一顿,不知如何作答。

李沐风苦笑:"现在过得好,肯定比过去过得好强多了。"

玻璃幕墙后,梅筝在鱼群中游弋。李沐风不知道怎么叫水里的人出来,只能等待,直到梅筝看见他。

等梅筝出来后,两人竟不知该说什么,只淡淡道了一声"好久不见"。

李沐风说:"你还记得,我们好像总共也没见过几次面。"

梅筝一副心有余悸的样子:"可每次见面,都惊心动魄。"

李沐风说:"今天好像是最平静的一次。"

"这次，也惊心动魄。"梅筝坚持道。

"我不想勉强你，我知道，你想告别过去。但申诉这件事，关乎我的人生。我想搏一次。"

梅筝说："我没想到你会申诉。"

李沐风笑了："我也没想到我会申诉。"

"你的要求我不会拒绝，但不管我说出什么，希望你都不要恨我。"

李沐风走了，梅筝独自面对着玻璃幕墙后的鱼群。

据说鱼的记忆只有七秒钟，李沐风杀死周林的那个瞬间，也差不多是七秒钟吧？要是能像鱼那样忘记就好了。

如果李沐风早一点儿申诉，早来找自己，痛苦就不会这么漫长，很多事也不会发生。

不能相忘江湖，便会焚身以火。申诉，是李沐风点燃的火，听证会是她赴身的火宅。

猫碗里盛着水，小闲舔着碗底的鱼，却什么都没舔到，它很是失望。

方灵渊唰地拉开窗帘。卧室的整面玻璃上，不同颜色的笔迹交错，织成了两张错综复杂的网。那是段鸿山案和李沐风案的人物关系图。

她接近李沐风，走访当事人，都是为了解开这个谜题：一起案子的当事人，同时也是另一个案子的当事人，是谁造成了如今的局面？

方灵渊推动第三面玻璃，上面画着陈婷杀害张源一案的人物关系图。她把三扇窗户拼在一起，锐利的目光穿透三扇窗户。

玻璃上的这些人她都认识，也都接触过。但方灵渊知道，在公开听证会上，这些人都将再度变得陌生。

检方把公开听证会的时间通知段鸿山后，雷月才来。

段鸿山质问雷月："李沐风十四年都没申诉，为什么挑这个时候？"

雷月却说："都是杀人，他是防卫过当，你是正当防卫，不甘心也正常。"

"幕后肯定有人推动。"

"你觉得是谁？"雷月反问。

段鸿山说："推动的人是谁，不重要。听证会上有谁，才重要。"

"主持人方灵渊，申诉人李沐风，证人梅筝，加个你，角色都到齐了，怎么唱这场戏，你想好了吗？"

"听证会是一个剧场，我是最大的反派。如果李沐风申诉成功，我的社会评价就会进一步降低，甚至影响到对我案子的定性。你想用陈婷案来帮我解围的计划，也被打乱了。"

"真讽刺，认识你这么多年，你最大的优点就是伪善，结果却成了反派。你要斟酌每一句话、每一个字，在这个剧场里，用你的伪善战胜李沐风的真诚。"

第七章

到底是沉睡的法条,还是装睡的人?

检察院最大的会议室被丁一收拾了出来。

公开听证会说是公开,其实不是向全社会公开,而是小范围公开。检察院会邀请法学界人士、人大代表等相关人员参与听证,进行监督。

丁一把与会人员的名牌一一放在相应的位置上。每个名牌都对应着一个卷入这起案子的当事人。杀人凶手李沐风,他护着的梅筝,助理检察员雷月,还有法律专家、社区代表、律师、调解员等听证员……最后是段鸿山的名牌。

"段检也会出席吗?"刘少兰路过看见,忍不住问。

丁一摇头:"不来,是视频连线。"

看着丁一忙,刘少兰竟有点儿羡慕。自打上次和方灵渊聊过后，她就再也没有过问过段鸿山的消息。其他人为了避嫌，多多少少都躲着她，这段时间她只能做一些整理文书的杂活儿。反观丁一，不但没被影响，反而更受重用了。

刘少兰问："你跟着方检察官去见过几次段检，他怎么样了？"

丁一没有直接回答："等会儿能看见。"

偌大的会议室，空荡荡的。

二〇〇五年六月二十八日，李沐风穿过图书馆的走廊，他的脚步声清澈响亮，这是他在校的最后一天。

忽然，他听见一声尖叫，紧接着是女孩绝望的呼救声。他立刻朝着声音传来的方向跑去，直到停在阅览室的门前，他紧张，但呼救声再次传来。李沐风顾不得多想，猛跑几步，推开了门——

这一步，一下就迈到了公开听证会现场。

选择了，就不能再选择。

如果十四年前不选择推开那扇门，他就不会来到今天这场听证会。

所有人都到齐了，梅筝、方灵渊、听证员们。当初的少年也变了，凹陷的双颊，洼地一般深的眼窝，李沐风摸了摸下巴，胡楂有些扎手。

"段检不来吗？"李沐风坐下，问身边的人。

"段鸿山吗？"听证员指了指另一侧的镜头，"他已经在了。"

镜头的另一端，两名民警已经将段鸿山带到了一间小屋。他依旧穿着看守所的背心，双手被束缚在椅子上，静静地等着听证会现场的"传唤"。

小屋里有一台电脑，摄像头正对着段鸿山。民警戴上耳机，需要段鸿山发言时，会提前通知；如果不需要，则不会向他同步听证会现场的情况。

段鸿山却忽然整了整领口。

"你干什么？"民警就坐在段鸿山旁边，注意他的一举一动。

段鸿山看着墙上的挂钟解释："现在是八点零五分，公开听证会一般都是八点开始，申诉案的承办检察官会先介绍本次听证会的流程，公开听取各方意见。算时间，该介绍与会人员了。除了方灵渊、宫平、丁一他们，还有检方负责人和当年的承办警察，再就是李沐风与案件相关的证人。接下来，就该轮到我了。"

段鸿山看不到现场的情况，却对现场了如指掌。

正如段鸿山讲述的那样，方灵渊正在介绍会议流程和与会人员。出于严谨，她还特意请李沐风确认："现场与会人员和你是否存在影响案件公正处理的利害关系，如果有的话，可以申请回避。"

李沐风四下环顾，人们也看着李沐风。

李沐风确认道："没有利害关系，不用回避。"

确认完毕，二〇〇五年"六·二八图书馆杀人案"公开听证会，正式开始。

听证会，简单来说，就是向申诉人答疑解惑，让他理解并接受判决结果，所以最重要的，就是申诉人的想法。

方灵渊看向李沐风："你的申诉请求是什么？"

一道道目光投向李沐风。他孤立无援，却毫不退缩，一如站在十四年前的法庭上。他一直强调，自己符合正当防卫，他无罪！

李沐风单刀直入地问："据我所知，段鸿山检察官面对三起反杀案，却做出截然不同的判断——同样是生死关头，同样是举刀自卫，陈婷杀了人，是正当防卫，段鸿山杀了人，也是正当防卫，凭什么我反杀周林，就成了防卫过当？"

"看到相似案件有不同结果，怀疑判决不公，我能理解。"

"但这三个案件依据的是同一个法条，正当防卫。十四年过去了，这个法条一个字都没改过。凭什么他们无罪，我成了杀人犯？凭什么这个法条说沉睡就沉睡，说唤醒就唤醒？到底是沉睡的法条，还是装睡的人！"

"这三个案子看似相同，实则各有不同，尤其是在危险程度上。"方灵渊解释，"陈婷的对手是长期家暴自己、持刀闯进家中的前夫，段鸿山的对手是跟踪自己数年的潜在复仇者，而你的对手周林，他跟你并不熟悉。"

李沐风反问："不熟悉，我就只能任由他殴打，不能还手？"

"正因为你们不熟悉，周林是否威胁到你的性命、能多大程度威胁到你的性命，将会是听证会接下来要论证的重点。"

比起沸沸扬扬的听证会现场，看守所的小房间显得过于安静了。

身边的民警忍不住问："是个什么案子？"

段鸿山说："反正是等，从现在开始，我就是在自言自语。"

段鸿山第一次见到李沐风，是在看守所里。那时，他还是一个清瘦的少年，怀着成为法律工作者的希望。第二次见到李沐风，是在法庭上。段鸿山作为公诉人，将李沐风定性为防卫过当，以故意杀人罪起诉。宣判时，少年陷入了绝望。第三次见到李沐风，还是在看守所里。段鸿山去为那个少年寻找未来，消解他的怨望。

选择了，就不能再选择。

十四年前的法庭上，李沐风激动地陈述着："周林身高体壮，是有名的校霸，经常打架，当时又拿着凶器……周林正要强奸梅筝。一个连强奸都敢干的人，我怎么知道他下一步会做什么……我只能选择反击……"

十四年后的听证会上，李沐风平静地陈述着。

民警问:"那死者是个什么样的人?"

段鸿山说:"一个坏小子。后来在他周边发现了很多张梅筝的照片,说明他盯上梅筝已经很久了。"

"追求未遂,就想强奸?"

段鸿山说:"真希望我起诉的是他。"

听证会现场。

方灵渊宣布道:"周林是不是坏人,我认为存疑。为此我邀请了几名证人,来给大家谈谈周林。"

第一个证人是三中的退休教师,也是当年图书馆杀人案的证人,她力证周林在学校操行不良。第二个证人是认识周林的小混混,现在是一名修车工,说自己当年打过周林,觉得周林挺弱小的,和一般学生没什么两样,强奸这种事情,借他俩胆儿他也不敢。第三个证人是学校附近的米粉店老板,他说孩子长相凶,人却很善,赶上台风天,还帮他收过店。

凝固十四年的"真相",开始动摇了。

李沐风错愕,他第一次听到周林是个好人的说法,如果这个说法成立,显然会让他的申诉失败。

开场用惊人笔,是方灵渊打官司的习惯。她知道每个人心中都有成见,用震撼的方式来打破成见,局面才会有变化。

有人问:"既然周林没那么坏,也不敢做出强奸这种事情，那案件是怎么发生的？"

这正是方灵渊期待的效果。

方灵渊拿起一封信——周德龙的举报信，里面有周德龙对整个案件的个人调查和推理。在周德龙的信中，他自称，案发后多次回到三中调查，询问了很多学生。他发现，图书馆其实不是学习场所，而是情侣约会圣地。梅筝出现在图书馆，是为了约会。

"因为措辞比较低俗，我就不给大家读信了。概括一下，就是梅筝勾引周林，玩弄他的感情，同时劈腿李沐风，享受两个人为她争风吃醋的快感，最终导致了一场情杀！"

李沐风震惊，他曾经觉得，方灵渊和其他人不一样。他立刻看向梅筝。梅筝很冷静，被目光和非议凌迟，她早就习惯了。

李沐风否认道："在案发前，我和梅筝从不认识，也没说过话，我们没关系。"

梅筝也说："在案发前，我和李沐风从不认识，也没说过话，我们没关系。"

"不认识，没说过话，不代表没关系。我出示一组证物。"

那是五张泛黄的借书卡。方灵渊念起来："二十三日，《经济学概论》；二十四日，《世界情诗金库》；二十五日，《哈利·波特与密室》；二十六日，《量子力学》……李沐风，你知道这些是什么吗？"

"是十四年前，我的借书卡。"

"没错，宣讲会期间，你连续多天都去图书馆，借了这些书，每次都是前一天借走，第二天又还了回来。你看书的速度也太快了。有的书我能理解，一晚上就能看完，可有的书，比如《世界情诗金库》，正文就有一千七百五十二页，你居然第二天就还了回去，一晚上能看完吗？"

"我是随便借的，喜欢就看得快，不感兴趣，第二天就还了。"

"那你的兴趣是什么？"方灵渊又补了一句，"读书的兴趣，你喜欢什么类型的书？"

李沐风说："法律、社科。"

方灵渊翻阅手里的借书卡："这十八天里，你只借阅过两本和法律、社科有关的书，除此之外，有爱情诗集，还有物理论文，而且每次都是看一天就还回去，借书没有规律，时间却很有规律。最重要的是，每一张借书卡上，你的名字前头都写着上一个借书人的名字——梅筝。在案发前，你们不认识，也没说过话，但你们有关系。"

听证员们开始小声议论。

方灵渊继续说："二十八日当天，你介入梅筝和周林的冲突并非偶然。"

李沐风想分辩，却不知该说什么。

看到李沐风的反应，方灵渊准备转移问话的对象："接下来的问题，我想问问梅筝。"

梅筝说:"我准备好了。"

"你知道李沐风一直在借跟你一样的书吗?"

"我借书在先,他借书在后,我不知道。"

"你当时随学校来武岩做招生宣讲活动,为什么连续多天去三中图书馆借书。每次都是前一天借走,第二天还回来。《世界情诗金库》,正文一千七百五十二页,第二天就还了,一晚上能看完吗?"

"这本书我以前看过,那次借,只是为了查其中一首诗《忘掉它》。这首诗是余光中翻译的,比其他译本都好,我想再看看。"

"那《经济学概论》《量子力学》,你也一晚上都看完了?"

"我随便借的,不感兴趣,第二天就还了。"

"所以假使李沐风是你的仰慕者,你也并不知情?"

梅筝说:"不知情。"

"那周林是你的仰慕者,你知情吗?"

梅筝一愕:"不知情。"

"那周林为什么出现在图书馆,并且想要性侵你?"

梅筝说:"他应该是在跟踪我。"

"刚才你说,你不知情。"方灵渊正色道。

梅筝这才发现,自己还是踩入了方灵渊的语言陷阱。方灵渊有意先用跟李沐风相关的问题来让自己形成回答的惯性,然后突然抛出周林,让自己在惯性中说出未经深思熟虑的答案。跟方灵渊交手几次,这还是她头一回中招。回想起来，或许从第一次见面开始，她就踩在方灵渊的陷阱里了。

方灵渊的语气骤然冷峻起来："在当年这个案件中，你是不是做了伪证？为了保护李沐风，你刻意夸大了周林的行为动机和侵害程度，以便让李沐风被认定为正当防卫！"

梅筝连连否认："不是……真的不是……"

方灵渊追问："不是什么？不是伪证？不是为了保护李沐风？不是性侵？还是不是正当防卫？"

在方灵渊连珠炮似的追问之下，梅筝慌乱地脱口而出："不是周林！"

这一刻，所有人都震惊了。李沐风惊讶地看向梅筝，但梅筝的眼神扫过屋内的每一处角落，唯独略过了他。

方灵渊看上去没那么意外，收起了刚才咄咄逼人的态势，用很和缓的语气问："十四年前的图书馆，现场是不是还有第四个人？"

梅筝惊讶地望着方灵渊，她没想到方灵渊的调查做得这么深入。

"那天，张源也在图书馆。"

现场知道张源的人不多，知道的人都一脸震惊。张源是陈婷杀夫案的死者，而梅筝是陈婷正当防卫的证人，他们竟然有如此深厚的关联！这是偶然吗？

"张源才是一直以来真正跟踪我、骚扰我的人！"

丁一想起来，当时在陈婷家调查，段鸿山就敏锐地发现，张源和陈婷都是武岩三中毕业的，张源比她高一届，与李沐风和周林同级。他竟然也跟十四年前的案子有联系，这是从未出现的新信息，势必会对这场听证会产生重大的影响！

梅筝继续说："我给他当过几个月家教，他开始追求我，我没答应，他却不断骚扰我。周林是他的朋友，是他指使周林来报复我的。"

方灵渊问："你说张源骚扰你，你有证据吗？"

"我带来了。"梅筝拿出一个老式的手机，里面是张源当年发给她的骚扰短信。

方灵渊问："你认为，周林所做的一切，都是张源指使的？"

"当时，周林想捂住我的嘴，我挣扎，头撞在了架子上。一整排书都倒了，我被按在地上，只来得及看见远处书架的背后有双眼睛，我肯定是张源。他想往这边走，我大声呼救，这时候李沐风赶过来了。他和周林厮打，然后就出事了。我当时整个人是蒙的，就一直哭，回过神时，警察已经来了。"

方灵渊问："张源没过来帮周林？"

梅筝说："应该是跑了。"

方灵渊问："为什么会跑？"

梅筝说："死了人，吓跑了。那个瞬间，我都想跑。但我的腿是软的，根本站不起来。吓丢了魂的我，只能看着失去生命的周林和失去未来的李沐风。"

方灵渊叹了口气，缓缓问："张源在场的事，你当时怎么不说？"

"说了会怎样？如果我说出张源在场，张源就会成为证人，他一定会歪曲事实。张源是出于报复，指使周林来强暴我。可那个时候，男生里流行一种把戏，先有人假装侵犯，再有人假装救人，骗女孩子的情感。一旦扯成情感纠纷，李沐风的正当防卫就会被质疑。在此之前，我从不认识李沐风；在此之后，李沐风救了我，我想保护他的未来。"

全场哗然。

方灵渊打断了现场的骚乱："鉴于出现了全新证言，我申请暂停本次公开听证会，明天继续。我将申请新的证人出席。"

听证会戛然而止，民警很意外。

段鸿山略一思索，说："咱们明天见。"

"你的意思是，明天……继续？"

段鸿山说："明天比今天轻松，今天一直对着一堵墙，看不见，听不见，还挺难受。明天，咱们就有电视看了。"

民警不信："真的假的？"

段鸿山解释说："不让我看，是因为证供内容肯定和当年一致。现在听证会中止，一定是出现了新的证人证言。而这些，一定是我当初忽略的或排除的，所以一定会让我参与核证。"

他不像阶下囚，倒像主办方。

窗外下着雨，梅筝下意识地想要去擦酒吧的玻璃，可是雨水落在外面，她怎么擦拭都是徒劳。

梅筝又到了那间酒吧。听证会像一场战争，打完仗，她必须喝点儿什么，今晚才能睡着。

她刚点了酒，李沐风就在她对面坐下。他是跟着她来的。

"张源在场的事，你当年怎么不说？"

这个问题，方灵渊刚才已经问过一遍。李沐风再问，是因为他根本不相信梅筝方才的答案。

"因为当年我也不知情。"梅筝抽着烟，烟雾飘进窗外的雨里，消失了踪影，"我也是不久前从别处听来的。如果我知道，我早就说了，这些年很多事情也就不一样了。"

李沐风怔住："做伪证，是触犯法律的。"

"我不在乎。张源害你成为杀人犯，害我背上荡妇的骂名，他才是一切的始作俑者。难道他死了，我们就要原谅他、放过他？不管付出多大的代价，我都得向所有人证明，你就是正当防卫！"

烟燃了一多半。李沐风不响，梅筝也没动。

李沐风叹息道："如果我知道你参会是为了做伪证，我就不会去找你。"

"选择了，就不能再选择。"她掐灭了烟，离开酒吧，毅然走进了雨里。

　　检察院后院的人工湖边，方灵渊和丁一坐在凉亭下避雨。一般市检察院检察官遇到疑难案件时才会来这里放松，就像此刻的丁一，他累得直叹气，大口嚼着烧饼。

　　方灵渊却怡然自得地欣赏着雨景："第一次参加公开听证？"

　　丁一点头："以前没参加过，还真不知道有这么累。听他们一人一个说法辩论，像是参加了一场足球赛。支持李沐风的是一支球队，支持检察院的是另一支。听证员们就像是裁判，两组人用证据和分析代替足球，踢来踢去，再让裁判判断哪一组赢。刚才是上半场，明天是下半场。"他的比喻活灵活现，将听证会现场的紧张和刺激描绘得惟妙惟肖。

　　方灵渊问："那中场休息的时候该干什么？"
　　"是……组织下半场战术？"丁一挠挠头。
　　"你有什么想法？"
　　丁一分析道："上半场最大的疑点，是梅筝的证供。她这次说出跟张源的关系，那她跟陈婷的关系就不那么简单了。这两份证词，必有一份是伪证！"

　　"哪份是伪证，试一试就知道。下半场，我会让陈婷上场。不管哪一份是伪证，都能打破陈婷和梅筝之间的联盟。"

　　丁一恍然大悟："你从一开始，就准备让陈婷入局！"

方灵渊笑了："我没告诉你吗？我开这场听证会的目的，就是三案并查。"

第二天听证会开始前，段鸿山能感觉到，民警看他的眼神不一样了。如他所料，今天他有权利看现场直播了。
民警忍不住问："昨天听证会叫停，到底什么原因？"
"应该是梅筝的证词有了变化。"
"你为什么觉得是她？"民警面露疑惑。
段鸿山平静地说："因为每次见她，她都不一样。"

段鸿山第一次见梅筝，是在检察院的询问室。那时，她是个刚经历过暴行的少女，任谁看了都会怜惜。第二次见梅筝，是在法庭上。他见识到了梅筝的坚强，面对大尺度的盘问，梅筝不退缩、不动摇。第三次见梅筝，她在水里，在玻璃那头，与整个世界隔绝，像一条寂寞的鱼。
民警追问："那你后来还见过她吗？"
段鸿山还没来得及回答，听证会就开始了，他们眼前的屏幕倏地亮了。
看到画面里的梅筝，段鸿山说："又不一样了。"

所有出席听证会的人中最后一个到的是陈婷。虽然陈婷身后有民警跟着，雷月还是迎住了她。
雷月对民警说："我是她的代理律师，要给她提供一点儿法律意见。"

随后,她轻声跟陈婷说:"梅筝说,十四年前张源在图书馆出现过,是那起案件的幕后主使。这表示,梅筝和张源之间存在仇恨。等到定你的案子时,梅筝给你做的无罪证词,可能会被方灵渊推翻。"

陈婷充满了恨意:"那个女人,她就是来害我的。"

陈婷走进来时,所有人都看着她。陈婷有些害怕,更觉得羞耻,她想把戴着手铐的手藏起来,可她做不到,只能像个犯人一样,被带到角落里属于自己的席位上。不,如今,她就是个犯人。

方灵渊看向陈婷发问:"陈婷,请你回忆一下当年你是怎么做证的?"

"太久了,忘了。"

"那我提醒一下你,十四年前你在接受检方询问时,是否说过如下证词——梅筝,她就是个……"现场的人不少,方灵渊不想让那种污言秽语缠绕在女性身上。

陈婷看了眼梅筝,梅筝垂着头,没有看她。

陈婷用很轻很轻的声音说:"婊子。"

方灵渊接着问:"你当年还说了什么?"

陈婷说得很慢,既像在思考,又像在回忆:"她……她长得很好看,所以有很多男生追求她。"

方灵渊打断陈婷:"陈婷,我提醒你一下。当年你说的是——"

那婊子装出一副人畜无害的模样，背地里四处勾引男人。

方灵渊深吸一口气，忍住了背诵陈婷那句证词的冲动，警示道："如果你的说法继续前后不一，我们会怀疑你的证词的真实性。"

"我说，那婊子装出一副人畜无害的模样，背地里四处勾引男人，不只有周林，还有李沐风。两个人都以为是她的正牌男友，才会打起来。听说她现在还和大学一个老师走得特别近，说不定是为了甩掉这俩人，故意让他们自相残杀……"

李沐风听不下去，打断她："有必要重复这些吗？"

方灵渊提醒道："申诉人，我要提醒你，如果中止流程，就等于放弃申诉。你要放弃吗？"

李沐风望着梅筝，又看向镜头之后的段鸿山，缓缓说："请继续。"

"图书馆管理员管得很松，很多小情侣会跑去那里约会。李沐风当时是跟梅筝走得很近，我看见过他们在图书馆一起翻那种……那种，有色情描写的小说，还有人撞见过他们躲在没人的地方接吻。"陈婷说得很慢，声音颤抖。

梅筝一直沉浸在陈婷的叙述中，就像她说的是别人的事。

方灵渊问："你看见过李沐风和梅筝在图书馆约会，是什么时候看见的？"

"我……我不记得了。"

"他们在图书馆没人的角落接吻,你也是亲眼看到的?"

陈婷不耐烦道:"当时大家都这么说!"

"也就是说,你没看见?"方灵渊反问道。

"……我没看见。"陈婷沉默了片刻终于说。

"那你为什么会做出这个证言?"

"老师让我去说的,因为我当时是……"陈婷表情木然,欲言又止。

"是什么?"方灵渊盯着陈婷,"你说啊。"

"是个……听话的好学生。"

"所以你的证词,是建立在道听途说的基础上,而你,其实与梅筝、李沐风都没打过交道。就因为你短短的几句话,毁了李沐风和梅筝的十四年!你一直说'大家都这么说',那'大家'指的是谁?"

"是张源说的。"

方灵渊接着问:"张源跟你是什么关系?"

"夫妻。"

"十四年前呢?你们是什么关系?"

陈婷激动道:"方灵渊,你为什么要纠缠着我不放,你想故意把我做成杀人罪吗?!"

"不过是聊聊你丈夫的高中时代,有必要这么激动吗?"方灵渊的语调里没有一丝波澜。

陈婷努力敛住情绪:"我不清楚,他比我高一届,我只在学生会时接触过他。"

"那时候他有表现出暴力或者虐待的倾向吗?"

"你觉得我疯了吗?知道他是个暴力狂还嫁给他?"

方灵渊又问:"那在结婚之后,你知道了吗?"

陈婷无法自抑地哭了起来。

"请回答,如果张源不是一个暴力狂,那你为什么杀死他?"

陈婷哽咽着说:"他是暴力狂!"

"那你认为,张源的暴力行为,是在跟你结婚之后才形成的,还是天性使然,一贯这样?"

陈婷不知该怎么说,只机械地重复着方灵渊的话:"天性使然,一贯这样。"

段鸿山神色凝重。很显然,方灵渊传唤陈婷的目的,是要拆散陈婷、梅筝可能存在的联盟。换句话说,最终还是要证明,他对陈婷杀夫案的定性存在问题。

雷月说得对,方灵渊很有胆量,竟然想毕其功于一役,利用听证会,达成两案并审、三案并查的目的!梅筝也好,李沐风也好,甚至陈婷,这些被命运之手捉弄的可怜人,成了方灵渊指尖的棋子。她步步为营,向段鸿山围杀。

段鸿山的手,在虚空里点了几下:"连死人都利用。"

警察看得出来,段鸿山在压抑着内心的愤怒。

方灵渊打开幻灯片，上面是图书馆杀人案案发现场的一张照片。周林的尸体倒在几百本散乱的图书之间。有些书打开着，书页被鲜血染红。

　　"大家请看这张照片，现场里有一处极不协调的细节。"

　　丁一一下想起，方灵渊之前在看卷宗时一直在研究这张照片。他问了几次，方灵渊始终没有向他吐露这张照片到底哪里有问题。

　　方灵渊把照片放大，再放大，直至全场都能看得见，散落的书页已被血迹浸染，只看见这样一段文字："那是一只狗的孤独——一只鹤鸟的沉思默想——一头驴子的鸣唱——一只蛤蟆的洗浴……身上涂了灰，你又好得了什么？你的心思应当全在于当神，一头驴子跟你一样会在污泥中打滚……"

　　"根据文字，我查到这本书是威尔·杜兰的《东方的遗产》。"

　　方灵渊话音落下，李沐风和梅筝不约而同地想起，方灵渊曾问过他们有没有看过威尔·杜兰《东方的遗产》。这么一句闲聊，居然是案件的重要线索！他们豁然开朗，追上了方灵渊的思路。

　　"这是武岩三中的学生才能发觉的一个问题。武岩三中的图书馆，一层是人文社科，二层是文学名著，三层是自然科学。案发现场明明是三楼的自然科学阅览室，为什么会出现一楼的社科书？而且，这本书还是'世界文明史'丛书中的一本，只有这一本出现在三楼，无疑是被人带上去的。"

这个发现，连段鸿山都为之点头赞叹。

是啊，这确实是只有三中的学生才能发现的问题。

段鸿山不禁开始反省，一直以来，他的思考方式，都是鸟瞰法，即自上而下，通观全局。但方灵渊明显更像猫一样，盯住一个点，自下而上，见微知著。

同一片叶子，他们看的是不同的方向。鹰和猫，谁的眼睛更犀利？

第八章

选择了，就不能再选择

方灵渊拿出同版本的《东方的遗产》，现场测量了图书的尺寸——九百四十九页，长约二十三厘米，宽约十六厘米。

方灵渊说："现场的刀，长二十二厘米，完全可以藏进这本书里。我调查过当年的借阅记录，六月二十七日，这本书被张源借走，且没有还书记录。那这本书为什么会出现在现场？有两种可能：一种是，有人代替张源把书送回了图书馆；另一种可能是，案发时，张源本人就在图书馆。周林没有带刀，李沐风否认带刀。刀，会不会是现场第四人，即张源带来的？"

所有人这才明白，方灵渊为什么要反复论及《东方的遗产》这本书了。

"没人看到周林带刀,因为周林的刀,是在图书馆里才拿到的。张源指使周林去威胁梅筝,在一楼把刀作为胁迫工具给了周林,因为不确定前往三楼途中是否有人,所以,用《东方的遗产》这本书来做掩护。这就是,这本书出现在案发现场的原因。"

因为梅筝已经陈述过张源出现在了图书馆,现在,方灵渊又拿出了切实的佐证,这个推论一下变得可信了。

方灵渊向着连线镜头问:"本案承办人段鸿山,你认可新证据吗?"

终于来了。段鸿山一直在等,等着方灵渊走"将军"这一步。

"周林,身高一米八三,体重八十二公斤,张源身高一米七八,体重六十公斤,请问张源如何控制周林?你刚才的推论很精彩,但他们俩都已经死亡,你又怎么证明,他们之间存在控制关系?"推理容易实证难,段鸿山太清楚击破推论的法子。

段鸿山清楚,方灵渊也清楚。这也是她今天让陈婷来现场的真正原因。

方灵渊问:"陈婷,以你和张源的关系,对周林应该不陌生吧?"

"张源不缺朋友,他会把朋友画成圈,周林是很外围的一个。"

"那他们存在控制或霸凌的关系吗?"

"那时候张源不打人,我也没看见过他打周林,应该不存在控制或霸凌关系。而且周林比张源高大，人也粗鲁，学习还差，控制和霸凌，不都是他们这样的学生欺负好学生吗？"

方灵渊看着陈婷，为她感到可悲。过去这么多年，经历这么多磨难，遭遇绝望的境地，她竟然没有一点儿改变。也该把她带回到十四年前，让她回到现实，看清她自己是个怎样的人了。

方灵渊拿出一条带着岁月气息、款式古旧的白裙子，用双手拎着裙子的双肩，比在自己的身前。裙子上，有一条斜长的缝补过的痕迹，看起来像是被锐器划破过。

"班长，这条裙子，你还记得吧？"

陈婷记得，正因为这条裙子，她才会在重返现场时对方灵渊说'你的衣服真漂亮'。

方灵渊继续说："我们家是开裁缝铺的，收入不高。我从小穿的，都是爸妈按照流行的款式专门做的衣服。我在中学时遭受了霸凌，起因就是穿了这条裙子，和你一样的裙子。"

陈婷激动了："这跟我有什么关系？高中三年，我们连话都没说过两句，更别提我霸凌你了！"

那一天，方灵渊穿着爸爸参照客户提供的衣服样式做的裙子去学校。她心情愉悦，脚步轻盈得像一只蝴蝶。可她没想到，客户其实是陈婷的母亲。陈婷的母亲给她买了新裙子，不太合身，便把裙子送到裁缝铺来改。陈婷穿着改好的衣服来上学,没想到,穿着仿制衣服的方灵渊竟然比她更好看。所有聚焦在陈婷身上的目光,在那一刹那,纷纷转向了方灵渊。

那一刻,陈婷只恨恨地说了一句:"你的衣服可真漂亮。"

陈婷的朋友圈仿佛从这话语中嗅到了什么不友好的意味,从此便开始孤立方灵渊。她不需要干什么,围在她身边的女孩们,自然会让方灵渊吃到苦头。

"当时你的行为,是典型的社交霸凌。社交霸凌者擅长使用流言蜚语、言语嘲弄和回避隔绝,有计划性地去边缘化被霸凌对象,将其排斥在社交活动之外。这种霸凌者通常很受欢迎,也很优秀,来自很好的家庭,甚至被认为绝对干不出欺负别人的事。但旁人越这么以为,这种霸凌者就越发胆大妄为。你和张源,都是这种优秀的霸凌者。"

听证员们开始纷纷议论。

"这个陈婷以前也是个霸凌者?"

"网上不是说,她是个反抗家暴的可怜女人吗?"

…………

"我承认我们有过节,但那件事之后,咱们连话都没说过两句,我怎么霸凌你?"陈婷为自己辩解道。

"你确实没有怎么跟我说过话。在其他人对我进行言语欺凌、身体暴力时,你一直看着,没有说话。作为班长,当老师向你询问情况时,你还是没有说话。在行动上孤立,在言语上侮辱,把别人的痛苦当成戏看。你这样漠不关心的旁观者,就是霸凌滋生的土壤。"

"那都是他们的错!我只是看着,我有什么错?"

"前几天,我参加了一场同学会,他们都说是你的错。立场换了,他们变成了漠不关心的旁观者。"

陈婷有些失控:"我们认识,你对我有偏见,你应该回避!"

方灵渊对陈婷的说法不以为然:"现在是李沐风申诉案的公开听证,你只是证人,我无须回避。"

如果这是一场全面公开的听证会,方灵渊的说法势必引起轩然大波。但在现场参会的人员以法学人士为主,都清楚程序不违规。

"现在,请你用广义的霸凌,重新回想一下张源和周林之间的关系。"陈婷

倏地,一段记忆在陈婷脑海中浮现。

"我记得,有一次午休,我在学校的天台看到张源在给周林染发。绿色的染发膏很难上色,要先漂洗好几遍,可出来的效果总是不好。染发膏蹭在周林的头皮上,周边的皮肤早已发红了。可张源还是央求他,再上一遍色。我听见张源说'我们不是朋友吗?'……"

方灵渊问:"张源还在其他场合说过这句话吗?"

"好像还对周林说过几次,但我记不清了。可是……他对我说过'我们不是爱人吗?'。"

方灵渊问:"是在胁迫你的时候吗?"

"我想上班,我想再过几年再要孩子,我想能和朋友们一起出去玩,我想离婚,但他说,'我们不是爱人吗?'。"

全场静寂,只剩下陈婷的啜泣。

"根据陈婷的证言,可以确认,张源喜欢控制别人。而控制的手段,不是暴力。欺负与否,不是通过外在表象来决定的,也不是只有暴力、殴打、凌辱才算霸凌!学校就像一个社会,学生们也从来都不是平等的,多数人根据自己的主观想法,在班里将同学分成了'上等人'和'下等人'。那些受欢迎、成绩好、长得又漂亮的人是'上等人'。而那些成绩差、不讨老师喜欢、性格孤僻的人,就成了被霸凌的对象。周林成绩不好,性格叛逆,在三中这样的名校,自然就被归类为'下等人',没有人愿意和他做朋友。对于一个十几岁的孩子来说,孤独的感觉是可怕的。所以,当张源主动接近他、愿意当他的朋友,他很高兴,也很珍惜这份友情。只是他不知道,一直是'上等人'的张源,根本就不是真心想和他做朋友,而是把他当成一个可以随便使唤的跟班。为了不失去朋友,周林只能不断满足张源的要求,哪怕这个要求极其无理!而张源控制他,仅仅靠简单的一句话——'我们不是朋友吗?'。"

听着方灵渊的话,陈婷渐渐停止了啜泣。

方灵渊语带悲悯继续道:"被孤立的孩子就像溺水的

人,朋友是唯一的救命稻草。所以,当张源要周林帮忙去欺辱梅筝时,周林不会拒绝,也不敢拒绝。因为失去这根稻草,他不知道该怎样生活。"

在场的听证员明白了,申诉席上的李沐风也明白了。

张源让周林欺负梅筝,不管是做样子还是真的图谋不轨,他把刀带入图书馆,有动机,有凶器。李沐风见义勇为,在被周林殴打时夺刀反击,具有防卫属性,并没有超过限度。如果关于刀的推论成立——他,就是正当防卫!

李沐风心中燃起了希冀,望向方灵渊。

方灵渊却看向镜头,问:"段鸿山检察官,现在,你还坚持当年的定性吗?"

段鸿山的声音从另一个时空传来,与十四年前一样,依旧笃定、坦然:"你说的这些假设,也许是假的,也许是真的,但和李沐风案件的定性没有关系。"

方灵渊向在场所有人宣布道:"接下来,请周林死亡一案的主办检察官段鸿山,对此案的疑点加以说明。"

所有人都看向这个被关在牢里的检察官。

"承办申诉案的方检察官取证之大胆,对推理之依赖,对口供之强调,都令我大开眼界。其实,当年现场无论有没有第四人,都不会影响我的量刑建议。"

方灵渊听出了他语气里的讽刺。

"我喜欢谈时间,因为时间是所有案件都要面对的关键元素。时间看似是一个整体,实际是由碎片组成。即使整个案情跟方灵渊检察官的推理一样,都是真的,检察官依然要把它们还原成时间的碎片。本案中,有如下几个碎片——张源将刀交给周林,一个碎片;周林对梅筝进行侵害,一个碎片;李沐风过来救梅筝,一个碎片;周林、李沐风厮打,一个碎片;李沐风刺死周林,最后一个碎片,而这个碎片、这个瞬间只有几分钟,甚至几秒钟。在每一个碎片里,当事人都可能做出不同的选择,从结果倒推选择,是本末倒置。把时间的碎片强行连成一条线,是编故事。因此,即便《东方的遗产》这本书在当时被发现,张源在当时被发现,依然不会改变我对案件的定性和法院的判决。"

方灵渊质疑道:"这个结论太主观了吧?"

段鸿山说:"这个结论恰恰是客观的!"

"客观"这个词一出,所有人都愣了,不明白段鸿山为何这么说。

"所谓客观,除了客观事实、客观证据,还有客观环境。我再次强调时间,十四年前不是今天,二〇〇五年那时候,正当防卫法条的判定标准极其严苛,公安以'故意杀人'立案,摆在我面前的只有两个选择:一个是防卫过当以故意杀人起诉,量刑四年;一个是故意杀人,量刑十五年。我想请问方灵渊检察官,客观环境无法改变,你会选哪个?"

方灵渊没有回答,而是把目光投向李沐风。

李沐风颤声问："为什么不是无罪?!"

"我当时确实考虑过顶住压力，对你不予起诉，因为面临侵害，人的本能就是自卫，不管刀是谁的、从何而来，都应该鼓励受侵害的人拿起刀自卫。法，不能向不法让步！"段鸿山随即叹了口气，"但有一个变量，是场域，不同的空间会带来不同的影响。如果这起案子发生在你家里，发生在网吧里，甚至发生在广场上，我都会更倾向于正当防卫。但它发生在学校，发生在这个特殊场域，我就必须慎重抉择。"

听到"场域"二字，方灵渊眼神一颤。

"那个年代，校园里打架斗殴特别严重，还经常有学生携带刀具入校。如果李沐风被认定为正当防卫，其他人会怎么想？在学校杀了人，还能被无罪释放，这会让学生们认为持刀反抗是正确的行为，乃至去效仿——遇到霸凌，就拿刀杀了霸凌者。我们鼓励学生反抗，但不能鼓励他们用危险的武器。这对学生来说，太危险了。所以，我认为防卫过当，是当时唯一合理的平衡点，既不会引发效仿，也对霸凌者有威慑作用。"

在场的人都懂，检察官量刑，首先要依据法条，当事实和法条之间存在模糊地带，就要考虑对社会的影响。但结果落到个人身上，就难免让人感到唏嘘了。

"你觉得你的做法很崇高吗？"李沐风眼底浮起一层泪。

"在那个时间，遇上那个岔路口，我必须做出选择，为了不让其他学生成为第二个你。如果图书馆杀人案发生在今天,我会毫不犹豫地定性为正当防卫。"

方灵渊有不同的理解,但她想,这是李沐风的申诉,还得由李沐风来反驳。然而,李沐风做出了令所有人都意外的选择,他拿起桌上的申诉书,一声脆响,申诉书被撕成了两半。

"我,李沐风,撤销申诉。"

垂下的蜘蛛丝,又断了。

听证会结束。人都走了,空荡荡的房间里,只剩下方灵渊。

这个结局完全脱离了方灵渊的预判,她不禁想,是从哪一刻开始脱轨的呢?

走廊里,与会的人正在有序地离开。

陈婷也被警察带着离开,她的目光掠过人群层层叠叠的肩膀,落在梅筝身上,两个人眼神撞在一起。这是整场听证会以来,她们第一次对视。

那天,公园里,昏黄的路灯照在两架秋千上。

陈婷坐在其中一架上,低头看着地面。旁边的秋千吱呀呀地晃动起来,一个女人背对着陈婷,坐在上面。

那女人轻声问:"你见过永远不能穿裙子的女人吗?她长得挺清秀,我看她进了小区左手边第二栋楼,就在我家的正对面。无论多热的天气,她总穿着长袖高领的衣服。我觉得奇怪,就记住了她。"声音很低,但足够送进旁边人的耳朵里,"她大约是半年前搬过来的,那天她脸上还贴着纱布,手腕上也有淤青。"

陈婷盯着自己的脚尖,也轻轻荡起秋千。她温柔地开口:"我一直在挨打,被扇耳光、拳打脚踹,我甚至断过一根肋骨……我想离婚,但他说,要是离婚,就杀了我。他一定做得出来。半年前,我趁他去上班,带着儿子逃到这里,离他最远的小区。骨折、淤伤、烫伤……身体上的伤总能好,心里的伤却一辈子也好不了。"

陈婷和女人背对着背,看不见彼此,从不同视角说着同一件事,像是接受着两场不同的审讯。

女人又说:"我偶尔会在楼下遇见她,她就像一只受惊的兔子。前不久,小区门口修路,挖掘机闹得巨响,她一路过,怕得差点儿跌倒。"

陈婷则说:"我丢掉了旧手机,切断了和过去所有的联系。我终于可以开始新生活了,没想到,他找来了,带着刀,他要杀了我!"

女人接着道:"从我家卧室的阳台,能看见她家阳台,她哄孩子、晾衣服,都在那儿。我以为她是单亲妈妈,可那天,我看见对面那阳台上,一个男人挥着刀扑向她!"

陈婷说:"我刺了一刀,他倒下去了,人还在动呢。他爬起来怎么办?!我只能再来一刀,又一刀……"

女人说:"他中刀倒地后,又挣扎着想爬起来,还想继续袭击她。她太害怕了，又狠狠地刺下去。"

陈婷加重了语气："要么下刀，要么死！如果是你，你有的选吗?!"

女人则唏嘘道："不论怎么选，她都不能回头了。"

两架秋千不约而同地停下，两个女人同时看着各自手中写满字的一页纸，一字不差，完美无缺。

陈婷从秋千上站起来，绕过去看着女人，担忧道："他们会怀疑我们吗？"

另一架秋千上坐着的女人是梅筝。梅筝抬起她秋水一般的眸子，唇边有一道虚幻的笑："我们把剧本都背下来了。我是证人，你是受害者。我看见了你遇袭反击的现场，我的话就是你无罪的证据。"

陈婷仍有疑虑："他们不会觉得我们在串供吗？"

梅筝摇头："不会。我们本该是仇人。"

陈婷松了口气："对！我们本该是仇人。"

梅筝打着打火机，点燃手里的纸，火焰吞没了纸。她夹着燃烧的剧本，朝陈婷递过去。陈婷用她手里的纸接过了火苗，火焰在接吻，剧本很快在两团火焰中被烧成灰烬。

选择了，就不能再选择……

如果换成你，你会怎么做？

从小，你就是家里最乖的孩子，因为你知道怎么获取大家的喜欢。只要是妈妈说的话、老师说的话，你全都听。有他们的认可，你很自豪。似乎得到认可，你才能找到你存在的价值。

你其实不喜欢白色的裙子，甚至有一点儿厌恶。你十多岁的时候，和母亲去照一张全家福合影，母亲塞给你一条白裙子，潮湿的水迹清晰可见，你想要换一条干的，却被母亲阻止了。她告诉你，白色的裙子最好看、最鲜亮，你一定要穿着它，即便它是湿的。潮湿的裙摆贴在小腿上，你觉得难受，时不时地拉起裙摆。母亲却抽红了你的手，让你放下，因为扯裙子是一种粗鲁的行为。你没来得及哭，摄影师已经在倒数了，你下意识地扬起一个阳光般灿烂的笑容。你母亲经常拿出以前的照片翻看，每当翻到这张照片时，她都会指着那笑容，用炫耀般的口气说你乖巧。但只有你知道那笑容有多么虚假。

明明是想要哭的时候，为什么偏偏笑了呢？

这样的瞬间有很多次，你总是扮演着那个最听话的孩子。你没有自己的思想，长辈说什么，你就做什么。乖巧的你被认为最适合做领头羊，所以你顺风顺水地当上了班长，没有半点儿犹豫，你认为这是你应得的。

读高中时，班里的女同学方灵渊很古怪，她喜欢问问题，还当堂顶撞老师。有一天回家之后，妈妈告诉你："你是好学生，要做老师的好帮手、同学的榜样，离那个叫方灵渊的同学远一点儿，别学坏！老师会讨厌你的！"一如既往地，你听从了妈妈的话。妈妈和老师都不喜欢方灵渊，那你也不能和她太亲近，不然会被当成是坏孩子的。

但你没有意识到，自己为了顺从老师孤立她，实际上给自己也带来了更深的伤害。

十四年前的那天，你没有目睹那场凶案，你只是看到图书馆的大门被围了起来，数名警察在门口进出。你从人缝里看过去，看见担架上浑身是血的周林被抬上了救护车。你对周林的印象，只停留在他是个染着绿色刺猬头的愚蠢的大高个儿男生上。这样的痞子混混，打架流血是常事，但你没想到会闹出人命。

老师匆匆赶来，焦头烂额，家长们的电话也如潮水般打来，要求带走孩子。你在老师身边怯生生地等她处理完所有的事，等待她的下一个指令。

然后，老师挂上了电话，让你去配合警察做证。你没有想到，这一次你的"听话"竟然会把你拖进悲剧的漩涡。你明明是一个事外之人，毫不知情，可想到老师交托的重任，你又觉得需要表现一下。

一直以来，你就像是大海之中一艘摇摇晃晃的小船，一只看不见的手帮你掌握着舵，规划着你的航线。突然有一天，那舵竟然落到了你自己手中，一瞬间你失去了方向。海洋深处的暗流来回激荡，你险些抓不住那舵。

出了办公室，你看见高三七班的班长张源也在，你像是抓到了救命稻草，焦急地询问他应该说什么。张源的神色比往日沉郁，事后想想，他当时一定在酝酿巨大的阴谋。可慌乱的你根本没有察觉，对他言听计从，他说一句，你跟着学一句。

你告诉警察，梅筝还没毕业的时候，经常有人看到她和高年级男生去图书馆约会。

你告诉检察官，那里管得松，去的人也少，在那儿想干吗就干吗。她给好多男生当家教，每次补课的时候都穿短裙，到大腿根，胸开得很低，到处勾引人。

你告诉所有人，梅筝是个婊子，享受着那些男生爱慕的眼神。这不是勾得两个男生为她动了刀，明摆着的吗？

说完这些，你总算是松了口气，你再一次当了很好的传声筒，这就是你的价值。

你不在乎自己说的是不是真话，或者说，你相信自己说的是真话。张源也是老师眼里的好学生，他当然不会是坏人。从那之后，你们走得越来越近，他还常说，你是他的福星。

张源总是笑眼温柔、文质彬彬。直到婚后，你才发现，你只不过是他的玩物，一个被肆意虐、戏耍的玩物！

你尝试过求助，可就连你的母亲也不站在你这边。离婚是一件可耻的事情，现在孩子才刚出生不久，这个时候提出离婚的女人更是恬不知耻。于是，你选择了忍耐。

有时甚至连你也会恍惚，仿佛将自己打得遍体鳞伤的丈夫不是张源，是另一个人。抑或是自己做错了什么，才会惹他不高兴、冲动之下动了手。不，一定是因为自己做错了……你一直说服自己，张源只是脾气暴躁，本性并不坏。只要小心侍奉，总能讨个平安无事。

直到一次张源醉酒，向你说出当年图书馆的一切——想要强奸梅筝的，原来是他！周林帮他挡了一劫，而你帮他挡了第二劫，你做了伪证，因为你，他逃脱了制裁。而你因为他，害一个男孩入狱，害一个女孩一辈子活在流言蜚语里。

你这才意识到，他简直病入膏肓！

你留下一份离婚协议书，带着孩子跑出了家门。可是出门之后，你才发现自己无路可逃。这个时候，你遇见了那个本该视你为仇人的女人——梅筝。

这场意外的相遇把你从深渊里拉了出来。

你愧疚得不敢看她，她却关心你和你孩子的近况。或许是因为女性对彼此的怜悯，又或许是因为梅筝本身就是一个好人，她决定帮你寻找新家，摆脱张源的侵扰。但是张源阴魂不散，时时威胁着你，要让你付出代价，让你像哈巴狗一样回去向他摇尾乞怜。

你受不了了，歇斯底里地拿起一把菜刀，准备和张源拼命。是梅筝阻拦了你，她劝你冷静下来，告诉你不能杀人，无论如何，法律都不会保护杀人者。

你们看着彼此的双眼，十四年前的情形历历在目。你突然崩溃了，你带给了她十四年的冤屈，她回报你的却没有责骂、冷脸，只有一个拥抱和紧紧相握的手，越发衬托得你面目可憎。

你将当年的真相和盘托出，跪在梅筝面前为自己辩白，恳求她原谅。你亲眼看见她的表情从错愕到悲戚，再到坚毅！

梅筝刚一开口，你就懂了。一个计划不约而同地在你们的脑海中诞生了。

你们做好了一切计划，买好了刀具，只差最后一步——约张源上门。等他一来，你们就合力杀了他，到那时，你地狱般的日子就算是彻底结束了。

那一天，你心情很好，梅筝也是，她和你一起做了饭，为你们的计划而庆祝，你们甚至分享了一个拥抱。靠在那温暖的怀抱里，你鼻子发酸。你擦去自己的泪水，送别梅筝，准备给张源发信息——钓鱼开始了。

只是你没有想到，张源这条鲨鱼早已潜藏在暗处。你以为自己是猎人，其实早已进入了真正的高级猎手的围猎圈。杀机提前到来了，你根本没有机会联系梅筝，但是你们计划的一切机械般地印在了你的脑子里。

陈婷，你要做一个听话的姑娘，就像一直以来做的那样。你没有自己的思想，你所能做的，就是照着别人的意志行事。

首先，你要把张源放进来。很好，尽管不是你能预料的，但是他在你的家中了。这是你的私人领地、你最后的堡垒，你必须守护你的家、你的生命，所以，拿起那把刀，开启无限反击。敌人的力量强过你数倍，你会恐惧、奔逃，但是不要放弃你的武器，不要让它落到敌人手中，把它紧紧攥在你手中，等待时机。最后，瞄准他的心脏，毫不留情地刺下去。

听听那强健的搏动声，还有吗？再刺，再刺……终于，一切都安静了。

做得好，姑娘。

很好，可是有一点，你想不明白——张源为什么会提前来？

第九章

这就是"正当杀人"的机会

　　一石击破水中天。在听证会上,方灵渊把自己当成石头,投向十四年前,击破了幻象,逼出了真相。真相浮出水面,她自己的心却一直在下沉。

　　在听证会上,关于自己十多年前的遭遇,她说得很克制。

　　上学时,方灵渊很爱提问题,说好听点儿是求知欲强,说直白点儿就是特招人烦。刚开始,老师不喜欢她,同学们也孤立她,但这都没什么。

　　直到她穿了那条裙子,那条她爸爸亲手仿制还特地在胸前绣上了小花的白裙。

　　方灵渊始终记得那一天。纯白的布料很衬她的肤色,她穿着新裙子,心情愉悦,脚步轻快地朝教室走去。推开教室的门，她的脚步一滞。讲台上，被同学们簇拥着的陈婷也穿着一身新裙子，和她的一模一样。

方灵渊清楚地记得，陈婷明媚的神色在转向自己的那一刹，凝固了。

陈婷盯着方灵渊，刻意地笑了笑："你的衣服，真漂亮。"温柔的笑眼里，看不见笑意。

正是那条裙子，让方灵渊跌入了绝望的深渊。

方灵渊记不起那是第几次了，她在米粉店的小摊上吃米粉。几个个性张扬的同班同学便会凑上来，趁着米粉店老板在里面忙的时候，把呛人的辣椒倒在她的碗里。辣椒红彤彤的，冒着油花，铺满了整个碗。

方灵渊吃得满脸是泪，不知是辣的，还是哭的，红油赤酱溅落在她白色的衣裙上。她越是狼狈，那些人笑得越开心。他们骂她笨，说她丑，吃得脏兮兮。

在这些时刻，方灵渊总能看见陈婷。她就在不远处，看着他们欺负自己，看着自己成了笑话，却一次都没有阻止过。

陈婷的确从来没有对自己做过什么，可是她的默许、无视和不屑，让那些施加在自己身上的"拳头"变本加厉。因为陈婷是班长，班长给出了态度。

自那以后，方灵渊不再参与班上的任何活动，一下课她就回家，埋头读书。但她没想到，连认真学习也会成为被欺负的原因。

那天,她数学考了全班最高分,正欣喜地捧着卷子检查。卷子却被同学一把抽走。

"比陈婷还高,你是不是作弊了?"

"老师说了,这次最后两道大题都超纲了,你凭什么能做对?"

"作弊!绝对是作弊!"

同学们质疑的目光一道道扎来,方灵渊不服气:"我没作弊!"

方灵渊想走,那一双双眼睛却围上来,不打算让她离开。

"没作弊,那就再考一次!"

"我们所有人给你监考。"

有人看向人群前方的陈婷,询问道:"班长,你觉得呢?"

陈婷一瞥方灵渊的分数,也觉得刺眼,但还是有模有样地说:"既然有分歧,就征求一下大家的意见。这样——不赞成让方灵渊重考的,举手。"

方灵渊一愕:"不赞成的?"

陈婷依旧笑着:"对,不赞成的。"

教室里一片沉默,没人举手。

见状,陈婷便说:"应所有人的要求,你就重考一下。"

方灵渊不服:"我没有作弊,为什么要重考?"

陈婷却不理会:"正好两节自习课的时间。大家把位置空出来。"

陈婷指挥众人，把桌椅撤开，在教室中央留出一片空地，把方灵渊的桌椅拉过来。方灵渊被强行摁在椅子上，一张空白的高二模拟卷在桌上铺开。

"做吧。"陈婷昂着头，像只孔雀，如施舍般递出了笔。

方灵渊不接，只是瞪着她，重申："我没有作弊，为什么要重考？"

"那就更应该证明给我们看了。"陈婷手中的笔几乎要戳到方灵渊的脑门。

方灵渊站起来，一把抓住陈婷的笔："我没有作弊，为什么要重考?!"

一切发生得太突然，陈婷被方灵渊的气势震慑，下意识地后退了半步。可下一秒，一股巨力将方灵渊推倒，推她的是班里的一个男生。方灵渊这才意识到，陈婷不是一个人，她的背后还有五十双眼睛。嘲讽的、漠视的、看热闹的……众人拥到方灵渊周围，把她重新摁回到座位上，审阅着她的草稿纸，倾倒她的笔盒，拆开她的橡皮擦包装。

不知是谁，用指尖一下接着一下地戳着她的太阳穴。

"写！写！写！"

骇人的嬉笑环绕在方灵渊周围，甚至有人在撕扯她的衣服……方灵渊仿佛赤裸着站在所有人面前，她绝望地闭上眼。

透过人群间的缝隙,方灵渊看见陈婷退到了人群外,静静地翻起了课本,翻过一页又一页……

方灵渊记不起那天她是怎么回的家,只记得那是一个雨天。

一场绵延了十四年的雨。

方灵渊骑车穿过城市的雨幕,仿佛又回到了高中那段日子。那时,她总是骑着车穿过城市的街道,用与街上的汽车竞速的方式来排遣心中的郁结。可无论她如何用力,最终都会被一辆辆汽车远远地甩在身后。

雨水打湿了方灵渊的衣裳和头发,冷风吹过,寒意将她带回现实。在街边的一个公交站台里,方灵渊看到一个熟悉的身影,独自站在雨中,撑着伞等车。

方灵渊骑着车子停在李沐风身前,笑着看向他:"太好了!你有伞。"

天色又暗了一分,很快就要完全黑了。方灵渊没载过人,所以骑得有些滑稽。李沐风也不得不用一种更滑稽的姿势撑着伞并保持身体平衡。风有些凉,从头吹到李沐风的脚。有一瞬,自行车的速度放缓了,像是在配合渐缓的雨势。

"你的案子结束了!"方灵渊像是没话找话似的说着。

"那我们以后见面的机会是不是就少了?"李沐风问道。

"为什么？"

李沐风觉得车速好像更慢了，方灵渊像是故意拉长二人的相处时间。可车越慢，人越晃。

"我总感觉你是来查我的。"

"你看出来了？"

"我开玩笑的。"李沐风打趣道。

方灵渊尴尬地笑着："我就觉得你很幽默……"

脚下哐当一声，车子剧烈地晃动了一下，是脚链缠在了一起，两人都随之失去了平衡。李沐风反应很快，一脚踩地稳住了踏板和车身。

方灵渊有些幽怨："掉链子了。"她说的是自行车，也是刚才那场听证会。

李沐风鲜少在她脸上看到这样失落的神情，忽然问："你是二年三班的吧？比我低一届。"

方灵渊一怔，吃惊地望着李沐风，她没想到他能记得自己。

李沐风笑了："你变了好多，要不是看了你现在的样子，我都想不起来。我记得有一回，你是不是考试没考好，特别难过。"

方灵渊更幽怨了："不是没考好，是我考得太好了。"

两人推着车来到一处房檐下时，天色已经完全黑了。现在撑伞的人是方灵渊，李沐风正蹲在她身边帮她修车。

李沐风的手很灵巧，链条在他的手指间被捏着转动起来。方灵渊觉得这是一双很适合弹琴的手。但李沐风的手其实很粗糙，常年在玻璃工坊里工作，让这双手染上了火斑伤疤，这样的手是不会触碰乐器的。

方灵渊回过神："我帮你把着……"

李沐风拒绝了。方灵渊就这样站了一会儿，最后也蹲下了身体。她不想俯视他，因为他们应该是平等的。

不一会儿，车子修好了。两个人同时站起身，躲在一把伞下，挨得很近。

方灵渊扭头正对上李沐风的眼睛，她想再说些什么，说学校里的事，说自己的事，哪怕说说小闲，说说爸爸做的那件老土的衣裳。可她脑子里只涌出了梅筝、段鸿山、周林、图书室里的借书卡和水族馆里海豚叫声的回音。

最后，方灵渊坦诚地说："我本来是希望你申诉成功的。"

"我已经得到我想要的答案了。"

方灵渊又问："你是从一开始就决定撤诉，还是在那一刻才决定的？"

"这场申诉是雷月安排的。只要我申诉，她就会给我一笔钱，帮我办场玻璃展。这笔钱我没收，但我还是决定申诉。我不想一直当那个等蜘蛛丝的人，我想当一次佛祖。"

其实屋檐下没有雨，只是方灵渊忘记把伞放下罢了。

李沐风把伞留给方灵渊，走出屋檐，挥手作别。雨丝打在他的脸上，就像无数垂下的蜘蛛丝，但李沐风没有伸手。方灵渊留在原地，没追上去。

一条寂寞的路朝着两个方向延伸开来……

城市天际的高楼退得好远，狭长的小路被月色拓宽。

方灵渊回到家，整理着长发和那件下摆被淋湿的白色衬衣。她不自觉地想起李沐风刚刚的沉默……她望向窗外，想再去看一看李沐风在雨中的身影，但夜色里只有一点点消逝的灯火。

窗户上，还画着三起案件的人物关系图。

方灵渊陷入沉思，一场对段鸿山极其不利的听证会，却反而证明了他当年的定性没有问题，既佐证了张源的暴力行为，说明了周德龙的举报不实，令陈婷的正当防卫也变得可信。这一切像有一只无形的手，在推动着所有人、所有事向前。

方灵渊惊觉，也许整场听证会都是段鸿山策划出来的一出好戏！他虽然身处看守所中，却让所有人沦为他的棋子，为他达成了如今的局面，一个对他全盘有利的局面。

在看守所十几天，段鸿山第一次主动要求见检察官。

一坐下，段鸿山开门见山，语气中透着一抹兴奋："我想到一条线索，必须尽快告诉你。你应该查到了我被绑走那天,梅筝给我打过电话,约我见面,并且强调一定要那天见。为什么?"

"她说过,想就陈婷案向你请教。这些年你们走得很近,梅筝遇到问题,第一个想到的就是你。"

段鸿山回避了方灵渊的指控:"依我看,她或许发现了什么。"

方灵渊认同:"整场听证会,梅筝是唯一的变量。她忽然说出当年张源也在现场,有三种可能:第一,张源确实在场,她当年说谎了;第二,张源不在场,她在听证会上说谎了;第三,她当时不知道张源在场,是事后才得知的。"

段鸿山说:"无论是哪一种,她都憎恨张源。梅筝有充分的理由,借陈婷这把刀,杀死张源!再替陈婷做证,利用正当防卫的法条让陈婷脱罪。她们有计划,梅筝说她目睹了现场,很可能做了伪证。"

方灵渊不意外:"我有一点不确定,梅筝究竟是想杀死张源,还是一石二鸟,把陈婷也送进监狱?"

段鸿山说:"如果我猜得没错,她那天想要告诉我的,就是这个案子的关键证据。"

两人一人一句,补全了推理。方灵渊几乎要拍手称赞:"段检好手段,几句话,把疑点引向梅筝,把自己择得干干净净。你何尝不是想借我这把刀'杀'梅筝?"

"我只是想用陈婷案的胜利,换取你对我的信任。"

方灵渊说:"我一个字也不会信。"

段鸿山目光中反而透出一丝欣赏："很好，检察官的本质就是怀疑一切。我告诉你陈婷案有隐情，接下来怎么办，就是你的事儿了。"

段鸿山虽然笑着，方灵渊却觉得他笑不达眼底。这是对段鸿山的第五次审讯，方灵渊感受到了空前强大的压迫感。

"你特地从省院下来调查我，不就是为了主办陈婷的案子，揭露她过去对你的恶行，把她送进监狱，向她复仇？身为一个检察官，现在你有了一把刀，可以决定你讨厌的人的生死。两个选择，杀死她，或者原谅她。金刚怒目，还是菩萨低眉，告诉我，你怎么选？"

"我没有刀，也没办法决定人的生死。"

段鸿山说："你有！"

过去的审讯，她和段鸿山还能有来有回地对话，但这次，段鸿山却像是掌控着一切。

段鸿山的气势在这一瞬压倒了一切："你是陈婷的主办检察官，批捕、定性、起诉，你的刀就悬在她的头顶！这把刀不但锋利，而且无形。这是个多么好的机会，就算定性她故意杀人，也不违规、不违法。在一个复仇者手里，这就是'正当杀人'的机会。在一个圣母手里，它会成为展示慈悲的道具。在一个懦夫手里……懦夫根本就不敢把它握在手里。你是哪一种？我很期待。"

段鸿山被关在审讯室里，可被审问的反而像是方灵渊。他攻城略地、步步紧逼，直到方灵渊在他面前无处藏身，暴露出最真实的自己。这个答案对他来说很重要，因为，方灵渊是个怎样的人，关系他下一个关键的决定。

方灵渊说："我会把刀丢掉。"

段鸿山好奇的笑消失了："是吗？那你就太让我失望了。"

方灵渊向宫平提出，希望另外有人接手陈婷案。

"我猜你就是为这事儿来的。你听证会上那一段太戏剧化了，有点儿冲动。冷静下来了，觉得不妥了吧。"

方灵渊只能承认。

宫平又说："不过只是提交证据的方式有点儿突然，证据本身真实准确，还是经验问题，不是原则问题。我不建议你撤下来。"

方灵渊反而好奇了："为什么？"

"无私反见私。你和陈婷的个人关系，没有到法律规定必须回避的程度。而且，我们检察院又不是你一个检察官说了算，你的定性也会受到其他同志的监督，只要不离谱，就不会产生坏影响。你真撤下来，人家就会质疑我为什么一开始用你。"

方灵渊仍是面有难色。

宫平微微不悦，他一不高兴，就喜欢笑。宫平笑着说："还是年轻。到我这个岁数，武岩市有头有脸的人基本全认识，我要跟你一样，还办什么案子？我赠你八个字'事不畏难，义不逃责'。"

方灵渊深吸一口气。这把刀,她只能拿在手里了。

方灵渊心思一转说:"那我就不推脱了。但我还有一个请求,能不能召开一场联席会议,让市院最有经验的检察官们来帮我定定神、把把脉。我根据大家讨论的决议,来定结果。"

"小方是仔细人啊。"

方灵渊想到段鸿山的提示,决定再见一见梅筝。梅筝却没在家。离开时,方灵渊路过开放式公园,看见两个秋千架,其中一个上面坐着个女人。从身影来看,女人有点儿像梅筝。方灵渊走过去也不说话,坐在另一个秋千上,轻轻荡悠。

方灵渊想,这好像是和梅筝相见以来,自己第一次不想说话,只安静地坐着。

明明有很多想问她的问题,此刻却很难像以往一样,层层叠叠地追问。她甚至想,要是梅筝立即走开,她就能拖过这个晚上,回到家里好好睡一觉,把陈婷、段鸿山以及李沐风的事都抛到脑后。拖一天算一天。

梅筝的声音传来:"上不着天,下不着地,荡然不觉天地之有无。每次荡秋千的感觉,就跟在水里头一样。现在你知道玻璃幕墙那头的人的感受了吧?"

方灵渊淡淡地嗯了一声。

"每次见到你,你都挺凶的。经过这次听证会,我明白了,我藏在水里,你藏在面具下,大家都害怕再受伤。"

方灵渊又嗯了一声。

"你比我勇敢，也比我幸运。因为比我勇敢，所以比我幸运。小时候我妈妈总是对我说，遇到什么事需要选择的时候，就深呼吸，再深呼吸，这样就能下一个决定。在我人生关键的时刻，我都这样做了。可是我只会惊慌无措地呼吸，最终，也不敢抉择。如果是你，在图书馆的时候，在被周德龙骚扰的时候，在李沐风申诉的时候，都能勇敢抉择吧。"

方灵渊说："在图书馆，如果我是你，我会选择自己拿刀杀死周林；被周德龙骚扰，如果我是你，我会持刀吓退他。李沐风申诉，如果我是你，我会事先跟他串供。但陈婷杀人案，如果我是你，我不知道该怎么办。我想，我会像陈婷一样，做一个漠视的旁观者。她自生自灭，我无须选择。在这个选择上，你比我勇敢。"

两人本来并列坐着，视线朝着一个方向，可不知什么时候，梅笋已经反过身，和方灵渊朝着相反的方向。秋千荡起来，彼此能看见对方的脸。视线交汇再错过，错过再交汇，她们互相观察，抓住瞬间看彼此一眼，继而都抛诸脑后。

梅笋想，上次坐在自己身边的，还是陈婷呢。

方灵渊说："我落荒而逃，你站了出来，有两个可能，或者你比我善良，或者你比我邪恶。"

梅笋没说话，只是继续看方灵渊的脸。今天的方灵渊和往常不同，显得有些迷茫，还有点儿脆弱。以前，她说这样的话时，一定是想把话变成子弹，准确地射进人心里。今天，她说这些话，没有瞄准谁，更像是在感慨自己的人生。

方灵渊继续说："检察官的习惯，是把人往坏里想。"

"这个习惯真好。先把人往坏里想，能躲过很多次伤害。"

方灵渊说："假如你是我，一个曾经欺凌你、侮辱你、给你的人生造成过巨大痛苦的人，现在，她的命运被握在你手中，你办的不是案件，而是她的人生，是继续寻找疑点，还是闭上眼睛，让别人来决定。你会怎么选？"

梅笋反问道："你不是打算躲开吗？"

方灵渊说："躲不了，不让躲，必须选。"

梅笋开始呼吸，深呼吸，又深呼吸，再深呼吸，却迟迟不能抉择。

方灵渊说："学姐，在这件事上，你也是我的前辈，你不是已经选过一次了吗？"

"我不是检察官，没有决定别人命运的刀子。"

方灵渊说："你有。你在李沐风的听证会上说出当年张源也在现场，有三种可能：第一，张源确实在场，你当年说谎了；第二，张源不在场，你在听证会上说谎了；第三，你当时不知道张源在场，是事后才得知的。我断言是第三种。你知道真相的时间，是和陈婷重逢之后。不管你和陈婷联手的目的是帮她，还是害她，你都一定会保有证据。"

"你这都是没有根据的猜想。"

方灵渊说:"有根据,段鸿山失踪那一晚,你约他出来,到底想告诉他什么?当时你跟我说,是因为得知陈婷污蔑过你,你心里很乱,想跟段鸿山聊聊。但你和陈婷其实是共犯,根本不需要向段鸿山咨询。你一定是要提供证据。以上,是段鸿山的推理。"

梅筝微微一颤。

方灵渊晃悠着秋千,脚尖一下一下地点着地,向梅筝请求道:"能不能帮我推推秋千?"

梅筝走到方灵渊身后,轻轻一推她的背,方灵渊的身体像风筝一样,飘荡起来。梅筝愈用力,方灵渊飞得愈高,好像她的灵魂也一会儿高高地荡漾起来,一会儿又随着秋千落回到地面。

方灵渊问她:"是不是感觉很好?别人的命运在你的手上,就是这种感觉。"

梅筝手上的力气变大了些,方灵渊飞得更高了,她的心仿佛也悬空了!她啊的一声尖叫出来,但梅筝的手没有停。她问方灵渊:"还要继续吗?"

在秋千上很惊险,方灵渊也害怕,但她没有喊停。

梅筝推得更用力了,月光把她们的影子投射到地面上,宛若两只蝶,在一推一放之间,时而交缠,时而分开。

方灵渊好像见到了梅筝疯狂的一面。她每次用尽全力的进攻,都包含了多年的恨意,像是要全部发泄在方灵渊单薄的身体里。但每一次方灵渊高高跃起后,又都会落回梅筝手中，一次，再一次……

梅筝攥着秋千链条，微微喘着气。掌握别人命运的感觉很好，但又很累，她不停地推，几乎耗尽了全身的力气。

秋千缓缓地停下，方灵渊看着站在她身后的梅筝说："把证据交给我吧，哦，你不用担心，虽然你现在有伪证行为，但行为没有造成后果，不管你出于善良还是出于仇恨，都不会构成伪证罪。给我吧，勇气带来幸运，我替你选择，我会给你带来幸运的。"

梅筝决定相信方灵渊，并把录下的视频交给了她。

女人连滚带爬逃到了阳台，手里还拿着菜刀。男人也提着刀，朝她走过去。

两人厮打起来，强弱分明，女人倒在地上，男人举起了刀，却没有落下。女人抓住这个瞬间，刀子刺进了他的身体。

随后是又一刀，再一刀，合共十七刀。

缓了一会儿，女人回到了屋里，又走出来，怀里抱着洗好的衣服。她降下晾衣竿，把衣服一件件地晾上去，就像什么事也没有发生，就像她每天的日常。

这就是梅筝交给方灵渊的视频证据，拍摄位置和案发位置有一定的距离，画质不清，看不见男人和女人的脸，但足够看清肢体动作。

隔着玻璃，陈婷看着视频中的自己，一时间大脑空白了。面对这样的铁证,她想要辩解些什么,却又不知还能怎么说。此时,她只想知道自己的命运会如何。

"这是不是我杀人的证据?"

方灵渊说:"是。"

视频的拍摄角度明显在陈婷家阳台对面,哪怕方灵渊不说,陈婷也能猜到视频来自梅筝。可她还是忍不住问:"视频,是谁给你的?"

方灵渊不应,她没有义务回答,况且现在是她在审问陈婷。

陈婷越发惊恐,从没有一刻比现在更后悔招惹过方灵渊:"方灵渊,我没有欺负过你,也从来没有跟那些人一样骂过你,我只是觉得你有点儿怪,老师不喜欢你,妈妈让我离你远一点儿,我只是听他们的话,才疏远了你!我从来都没有做过那些事,你为什么不能原谅我!"

方灵渊的声音很轻:"你觉得,那样就不算霸凌吗?"

陈婷止不住地啜泣。方灵渊沉默,像是在等着她哭完,又像是在消化自己的情绪。

过了一会儿,她才问:"陈婷,你知道我喜欢问问题。因为我好奇,我想知道答案。小时候的我是这样,现在的我也一样。只不过当初被你们霸凌,现在我穿这身制服,你们不能欺负我,就开始说我咄咄逼人。"

陈婷被方灵渊的话截住了哭,她眼前的方灵渊仿佛和高中时的方灵渊合二为一了。她听见方灵渊说:"现在,你要一五一十地把一切都告诉我。我的量刑,基于真相。"

陈婷恸哭，终于将一切和盘托出："我和梅筝是商量好的，刀是我们一起买的，计划也是我们一起制订的。我们想利用正当防卫这个法条来保护自己，杀了张源。可是他提前来了，来的时候还带着刀，梅筝不在，我当时很害怕，真的没有别的办法了……我们的计划全被打乱了，我只能动手……"

这与方灵渊猜测的相差无几。她做冷眼旁观状，继续发问："为什么你要在杀死张源后还洗衣服？这也是你们计划的一部分吗？那二十八分钟里你到底在想什么？"

陈婷一怔，眼神黯淡："我不记得了。"

方灵渊拧眉："你最好说实话。"

"我说的就是实话，杀了人之后，我的大脑是空的，我不知道该干什么，更不知道我做了什么。等洗衣机响的时候，我才发现我洗了衣服。那段时间就像消失了一样，我真的不记得了……"

陈婷的话有些混乱，仿佛又回到了那个黏稠的雨天，生活中的痛苦与解脱都被洗衣机搅成了一团分不清的浆糊。

这次联席会议的出席者与上次参会的是同一批人。不过，原本段鸿山的位置上坐着的却是方灵渊。按道理许检察官本该最先发言，可许检察官才一开口，就被方灵渊打断了，她建议先分析视频证据。

宫平眯着眼，察觉到了方灵渊的急躁，但并不打算干预。她先发言，势必引起其他检察官的不满情绪。能不能压制住这份不满，那就得看方灵渊的本事。宫平总认为，年轻人受受挫不是坏事。

方灵渊按下遥控器，大屏幕开始播放陈婷刺杀张源的视频证据，在场的检察官们聚精会神地注视着屏幕。视频中，陈婷一次次捅刺张源，即便他早已不能动弹，她也没有停下来。

视频播放完毕，方灵渊立刻说：" 各位，我此前已经组织了十组人在这里看过这段视频证据了。"

方灵渊瞥向在场的诸位检察官。按理说方灵渊应该是倒数第二个发言，但很显然方灵渊并不打算让他们发言，因为她已经给案子定了性。她要先发制人，给所有人定下前行的轨迹，以此来掌控整个会议的节奏，达到她想要的结果。

方灵渊几乎是一字不差地开始背诵此前那十组人的观看感受——

"第一组人说，陈婷的动作凶狠，她在视频的前六秒钟就捅了张源四刀，从这个动作中能明显看出她对被害人的仇视情绪，即便张源倒下，已经失去了攻击能力，她依旧在补刀。"

"第二组人说，正当防卫的定性要更严谨。陈婷已经在口供中承认，只要张源上门就杀了他，并且在视频中能看出来，她还特意为此准备了一把新刀，更说明她是故意杀人。"

"第三组人说，观看视频全程，在第二秒，陈婷几乎是毫不犹豫地动手了，并且张源在受到第一击后就重伤倒地，陈婷的动作不符合正当防卫的定性。"

…………

从这十组人的反应来看，毫无疑问，这段视频是陈婷故意杀人的铁证！

会议室内的一众检察官虽然没有作声，但纷纷相视点头，看上去已经达成了共识。但方灵渊随即做出总结："以上，就是大家看过一遍视频后的结果，但随后我重播了一遍，这一次我做了一些处理，将视频调慢、放大，目的是让他们看到本段视频的四十六秒。"

在方灵渊的指挥下，丁一将视频倒回前面的部分，调慢、放大，画面定格在张源倒下那一瞬。

方灵渊说："就在这里！张源第十一次中刀倒在地上这部分。"

所有人都盯着屏幕，丁一按下了播放键。视频中，张源成了一个模糊的影子，痛苦地倒下了，一动不动。但很快他又动了一下，像是想要站起来。

在这一刹，在场的人的心都揪了起来。但很快，他们便看见陈婷举着刀，更加疯狂地朝张源刺去。

众人哗然，显然有一部分人改变了想法。但也有人质疑这处细节："张源的动作很小，他是真的要站起来攻击陈婷吗？会不会只有你是这么想的？"

方灵渊再一次开口，背诵起此前十组人二次观看视频后的感受来——

"在视频第十二秒钟，张源有明显的起身反抗动作，陈婷的补刀行为应当属于正当防卫。

"张源的举动明显带有伤害陈婷的性质，且二人在体型与力量上都存在较大差距，陈婷在慌乱中持刀反击属于自卫行为！"

…………

诚如段鸿山所说，如今她手里，握着的正是一把随时能"杀死"陈婷的"刀"。但她最终也没有刺下去。在这一刻，方灵渊意识到，自己没的选，她一直以来就是这样的人。真相，是最重要的。而这段视频也清楚地证明陈婷就是基于自卫的反击！

"预先观看视频的十组人中，有八组人在第二次观看本视频后，都注意到了张源要站起来的这个细节，并且认为他的动作具有威胁性。我们总强调，正当防卫的判定要看不法侵害的紧迫性。如果不法侵害尚未着手，但已经非常接近，能不能反击？或者，不法侵害已经结束了，但危险依然存在，又能不能反击？这种时候，还应该有一种判定的条件——'最后的机会'。

"现在有一个歹徒掏枪对准了你，该怎么办？不跑，那只能等死。跑，如果对方开枪，你能快得过子弹？这时候，假如我们手里有一把刀，是不是可以掏刀自卫？但什么时候掏刀呢？如果严格依照'正在进行时'的标准，岂不是要在歹徒瞄准之后才能进行防卫？你们或许会说，如果只是持刀自卫，捅刺一刀也够了。可如果歹徒个子、力气远超过你，你能确定他不会再次爬起来攻击你？歹徒掏出手枪的那一刻，就是受侵害之人防卫的最后机会，一旦晚了，就很可能会丧失生命！

"正当防卫是人们在紧急情况下能采取的行动，符不符合'最后机会说'，应该从防卫人的角度去想。我们站在旁观者的角度，只感觉陈婷刺张源十七刀的血腥残暴，而没有站在陈婷的角度去想。张源倒下之后欲起未起的那一刻，就是陈婷逃脱不法侵害的最后机会。我们不能要求受害人是个完美受害人，同样地，正当防卫也不能只从完美防卫来判断。法律是为人所制定的，而不是人要为了法律如何如何！"

方灵渊说完，会议室内一片寂静。她扫视过在场的一个个检察官。他们神色凝重，都在心里掂量着方灵渊这番话的分量。

片刻沉默之后，众人的目光都落在了检察长宫平身上。

会议开始之后，宫平一直在观察方灵渊的一举一动，他在等一个绝佳的开口机会。而眼下，是时候由他做推手，来确定这场会议的走向了。于是，始终不发一言的宫平终于清了清嗓子，开口了："各位，我想说两句。我曾经办过一起反杀案。在那一起案件中，女孩一直被死者跟踪骚扰，她的父母准备了武器，甚至警告死者'让你活不过三个月'。当死者再一次闯入女孩家中求爱时，他们进行了反击。死者的脖子被砍得只剩一层皮连着，案发现场的监控记录也被删除了，女孩及其父母一度被认定为防卫过当，但最后还是定性成正当防卫。这起案子和陈婷杀害张源案有高度相似性。"

言毕，宫平看向方灵渊，他的态度显而易见——他赞成方灵渊的判断。

而方灵渊的视线则凝固在视频中那个浑身是血、害怕得瑟缩的女人身上。陈婷的身影，仿佛和十四年前被孤立欺凌的自己重合了。那时，她下定决心，如果再有人欺负自己，她将不顾一切地反击。如果她当时反击了，是不是就会和如今的陈婷一样了呢？想到这儿，方灵渊眼底一热。

宫平说："方检察官，说说你的结论吧。"

方灵渊闭上眼。这一刻，她只是一名检察官，她要忘记自己和陈婷的过去。再次睁开眼睛时，她眼里又恢复了平素的犀利。

"我认为，陈婷杀害张源一案，陈婷属于正当防卫，应当不予起诉！"方灵渊的声音有如法槌般重重落下。

从看守所出来前，陈婷想象过很多画面。但大门真正打开的那一刻，她发现其实也没什么特别的。雨季的天空依旧是那么无精打采，强风吹拂，吹得行人像树叶一样颤抖。

她不用烦恼该以什么面目见人，因为除了丁一，没有其他人来接她。

丁一抱着盛着蓝曼龙鱼的鱼缸，代替方灵渊来处理既定的流程。

丁一鼓励道："明天就是崭新的一天了。"

"我想见一下主办检察官，我想跟她说一声谢谢。"

丁一点点头说："我会转达给她的。"

大门关闭，陈婷抱着鱼缸，茫然地看着雾蒙蒙的天：明天真的会是崭新的一天吗？

站在家门口，陈婷心中泛起了一阵莫名的酸楚。她离开时，屋内一片狼藉，她已经做好了回来收拾烂摊子的心理准备。可进屋后，她却发现屋内的凌乱都不见了。

陈婷的母亲从房间里走了出来，从她的脸上看不到一丁点儿兴奋、感动、欣慰，哪怕是一点点怜悯都没有。

那是一张只有抱怨与不满、被皱纹填满的老女人的脸，她声音冰冷地质问陈婷为什么回来了也不说一声。那语气就好像，家才是看守所，而母亲就是审讯员。所有属于陈婷的生活痕迹都被这个女人清空了，她像丢垃圾一样丢掉了陈婷十几年的生活。

陈婷看着母亲，想到儿时的一幅场景：照相馆，贴在她小腿上冰冷潮湿的裙摆，母亲的呵斥，自以为是的炫耀，自己被打红的手掌，还有努力强装笑容才忍下的眼泪。哦，裙子也是白色的，就像阳台上仍晾着的那条。

母亲咬牙切齿地说着话，嗓音粗粝，像生锈的齿轮摩擦着发出的尖鸣。陈婷好一阵才分辨出，母亲是让她把蓝曼龙鱼也扔了。

她忍无可忍地大吼："滚！"

粗话！母亲不敢相信，女儿可以是优秀的、温顺的，也可以是迟钝的、窝囊的，但绝不该是现在这样子。母亲歇斯底里地喊叫着，诉说着自己的无辜，诉说着自己遭遇的指指点点和沦为笑柄的后半生。

陈婷把母亲推到门外，将这个女人赶出自己家。这是她的家。她脑海中不断翻涌着一个声音：为什么？一直以来，我没有思想，没有主见。我说的、做的是别人教的，我活的、过的，是别人安排好的。我努力了，我反抗了，我真真切切地听过脉搏跳动的声音了。可有一组声音——门外的拍门声、骂声、哭喊声——盖过了我的心跳声。我为什么要面对这样的生活？

"给我滚！"陈婷冲门外那个叫母亲的女人怒吼着。

白裙像被剪断了线的风筝，从空中飘下。

十四年前，另一个少女也决绝地剪破了自己的白裙。

十七岁的方灵渊，还不能理解霸凌背后深层次的原因，也不知道该如何保护自己的身体和心灵。她只能想到最简单的一种手段——以暴抑暴。

她并不是真的敢血溅五步，她只是迷信刀子的力量：如果手里有刀，就没有人敢来欺负我了吧？

那天出门时，她把刀藏得很严实，生怕被父母看出来。走在街上，她把刀子紧紧夹在身体上，生怕一不小心掉下去。一路上,她躲着人,生怕遇上那几个浑蛋自己失控。

她在课本上学过核威慑,刀,就是少女的核威慑。

她一口气冲到教学楼,只见值周生和老师一道,依次检查学生们的书包,美工刀、裁纸刀、圆规,甚至锋利一些的金属尺子,一律不许带。

方灵渊停下脚步,看着被搜出来的刀具和利器被丢进盒子,害怕了起来。她环顾四周,寻找能藏刀的地方。她的视线落在了不远处的图书馆……

进门处,是图书馆管理员的桌子,她正伏着睡觉。

一楼是人文社科区,把刀藏在这里太张扬。二楼是文学名著区,借书的学生多,容易被发现。三楼是自然科学区,这里最隐蔽。听说那些谈恋爱的同学会躲在这里,他们会反复徘徊,但他们不会看书。三楼最深处的一间,门很窄,进去之后,房间很宽。

她选择了灰尘最多的一个书架。身边没有梯子,刀藏不到书架的最顶层。至于下面,如果把刀横着放,会有一排书脊凸浮出来,很容易被注意。如果把刀竖着放,刀尖又比书高一寸,也会被发现。她只能打乱书的顺序,把刀横放,用小开本书挡在外面,大开本书在两边夹住,这样书脊就平行一线。不会有人注意到这个变化的,因为根本就没人看书。

终于,刀藏好了。

方灵渊松了一口气,这才走出图书馆。四下一片明亮,花坛里,绣球花一片浅粉。方灵渊摘了一朵,拿在手上。这下,她在学校里,什么也不怕了。

第十章

这个检察官现在"叛乱"了

　　武岩小学开放着的广播室门口，老师正领着一群佩戴红领巾的学生忙碌地调试着广播设备。门口，段滢安静地站着，身穿干净整洁的校服，手里紧紧捏着一张草稿纸。她的声音低沉而坚定，正默默练习着即将到来的播报。今天的主题是"争当守法小能手"。段滢是周一播报员，整个周末她都在练习这篇稿子。

　　突如其来的噪声打破了她的专注，设备调试成功，校会的广播正式开始了。正当段滢满怀期待地准备进广播室的时候，突然她发现，站在身旁的另一个女孩也在默读着自己的稿子。下一刻，主持仪式的同学将那个女孩领进了广播室，而老师走出来，蹲下来温柔地看向段滢："滢滢，老师们选了新的发言人，你回班吧。没关系，以后还有机会。"

老师转身回到广播室,门随之轻轻关闭。只剩下段滢一人在宁静的走廊上,耳边响起了那个女孩透过话筒的声音。

那应该是她的位置、她的机会!一滴眼泪不受控制地从眼眶滑落,正中草稿纸上,那未能说出的话语在泪水中渐渐模糊。

段滢紧握着草稿纸,慢吞吞地走向教室。走廊墙上布满了同学们用心创作的美术作品。段滢目光凝固在一幅画上,不由自主地停下了脚步。那幅画是她亲手绘制的,描绘着自己与爸爸在漂亮的草坪上同行的画面。然而现在,爸爸的脸竟被人无情地涂改成一个骷髅头,他的手中还多了一把刀。

"广播到此结束。"发完言的女生轻轻松了口气。

广播室的门却忽地被人猛力推开,段滢闯了进去,气呼呼地对着那个代替她发言的女孩说:"你出去!"

女生一惊,颤颤巍巍地退出广播室。人一走,段滢立刻把大门反锁,大步向麦克风走去。

"我是段滢,我的画在展出期间遭到了破坏,是谁改了我的画?现在承认,我不追究法律责任。"段滢的声音通过广播回荡在整个校园内,"法律像空气,看不见、摸不着,但是无处不在!你侵犯了我爸爸的肖像权和名誉权,我要求你今天之内必须在校广播站向我爸爸道歉。"

整个学校陷入骚动,老师们立刻冲进教学楼,直奔广播室,他们拍打着广播室的门,却无人回应。

"《中华人民共和国民法通则》规定:'公民的姓名权、肖像权、名誉权、荣誉权受到侵害的,有权要求停止侵害,恢复名誉,消除影响,赔礼道歉,并可以要求赔偿损失。'我很严肃地告诉你们,你们违反的不是校规,是国法!"

事后,校方通知雷月来学校,要就此事做严肃处理,让段滢写检讨,公开认错。

雷月坐进校长办公室却先发制人:"我女儿演讲稿是两个星期前就写好的,你们凭什么把她换掉?给我一个解释。"

校长一愕,原本打好的腹稿都用不上了。被雷月的气势一压,她带上几分歉意说:"滢滢妈妈,校会发言这个事本来就是各班轮流派人,每个班级的同学都有机会。"

雷月不接受这种和稀泥的说辞,质问道:"都有机会临时被换掉吗?还有我女儿的美术作业,是哪个同学干的?我要他家长给我道歉。"

"应该,应该。滢滢妈妈,今天的校会主题是培养孩子们的法律意识,上面最近比较重视,今天早上有教育局的领导来视察。我也是为人家长的,换成平时,我们不能这么仓促,对孩子打击很大,我清楚。但是段检现在的情况……没有别的意思,只是今天这种局面,我们确实有难处……"

雷月不愿再听校长的解释,重申了自己的诉求:"我要让那个小孩当着全校师生的面,给我女儿道歉!"

回去的路上,段滢明显有了情绪,雷月说了几句安慰的话都没什么效果。小姑娘背对着她,用手抠着车门把手说:"回家。"

"好,我们回家。"

"回爸爸家。"

雷月憋着气:"你现在是和妈妈一起住的。"

段滢不满道:"我们为什么不能住一起?因为爸爸是杀人犯?"

"别乱说。"尽管在事业上足够强势,但在面对女儿时,雷月常常会觉得无措,她不由得叹气,忍不住问出了那个困扰她多年的问题,"滢滢,你是不是觉得妈妈对你不够好?"

段滢连忙否认:"不是的!"

雷月说:"那当年爸爸妈妈离婚的时候,你为什么不选我?"

段滢说:"妈妈是去当律师的,要是我跟着你,你一年能接几起案子?我不跟着你,你接的案子肯定是原来的好几倍。"

雷月和段鸿山离婚的时候,段滢还没上小学,寻常的孩子哪能考虑到这些,可这话里独属于女儿的成熟,让雷月更心疼了。

安顿好段滢，雷月便赶回了自己的律师事务所。

律所不大，装修却很时髦。开放式办公空间的尽头被隔出一间玻璃阳光房，这是专属于律师雷月的办公室。雷月没回办公室，反而拐进旁边的大会议室。会议室足可以容纳二十人，一般只有遇到极其重要的案件才会启用。

会议室里，清一色都是律师界的精兵强将。

雷月的助理提醒："姐，十位律师，都到齐了。"

雷月的目光扫过到场的每一个人，微微一笑："谢谢大家今天愿意来帮我！接下来要打的这场官司，相信大家都有所耳闻，难点不在案件，而在嫌疑人的身份是武岩市检察院副检察长。"

律师团战的打法，一般适用于经济案件，因为涉案金额大，收益也高。用到刑事案件的情况很少见，显然这次是雷月出钱。雷月的想法很简单，讲故事不难，但要把这个故事讲得完善、合理，并不容易。打团战有助于提高胜率。倒不是她高看方灵渊，只是段鸿山的身份确实敏感，且事关女儿滢滢，她不想大意。

她找来的这十位律师，有常年与法医打交道、擅长伤情鉴定的，最适合研究设想段鸿山与周德龙案发时的打斗细节；有擅长打交通官司的，可以针对性地探讨段鸿山在案发当日的路线选择问题；还有经验丰富、打过多起"正当防卫"案的。如今,以她的资源,足够组成一支实力过硬的律师团。

雷月清楚,来的人无非为了两点:一是为钱;二是为名。为钱的好解决,她出手并不吝啬。为名的就难对付了,这类人往往比雷月资历深厚。

只听有人问:"你打算怎么入手?"

雷月说:"大家都看过拳击赛吗?拳击赛场上的规矩很多。击打对方腰线以下部位,抱住对方,用手臂和肘部挤压对方的脸部,等等,全都属于犯规。正当防卫法条要求的'正在进行'和拳击赛上的这些规矩异曲同工,一律要求只能在不法侵害已经开始且尚未结束的状态下才能防卫。但是,正当防卫适用的是战争规则,不是比赛规则。我的意思是,正当防卫相当于一场战争。既然是战争,那干什么都是应该的。在战争中,抢占有利地形、优先取得武器,往往是制胜的法宝。一场自卫战也是一样,应当允许防卫人优先抢占天时地利。法律的目标是追求正义,正当防卫代表着正义,法律应该向正义倾斜。"

这场没有硝烟的战争,雷月势在必得。

就在这时,助理敲门打断了这场会议:"姐,段鸿山要见您。现在。"

雷月有无数次和段鸿山对坐的情景,但今天的场面格外特殊。看守所的吊灯像探照灯一样射在他们身上,所有掩藏在心底的情绪都无处遁形。

段鸿山叫雷月来,是要解除委托的。

"房子归你,滢滢的抚养权也归你,但从今起你就不是我的律师了。"

雷月有些错愕,就在一个小时前,她才刚刚联系了十名律师准备一起攻破这起案件。可段鸿山这一句话,让她所有的准备工作都白费了。

雷月不觉得愤怒,反而觉得好笑:"给我一个理由。"

"周德龙。如果当年不是你的释法说理没做好,就不会有现在这些事儿。"

雷月一怔,十四年前,她还是段鸿山的助理检察员,由她负责向受害者的家属释法说理,当时周林的父母已经离婚,雷月尝试联系周德龙几次,最后都石沉大海。十四年前埋下的雷,在十四年后引爆了。雷月没想到段鸿山早就知道这件事,可转念一想,他又怎么可能不知道呢?

递过来的文件,段鸿山已经签了字,雷月盯着"段鸿山"这三个字,有些恍惚,好像不识字了一样。就像多年前她盯着自己和段鸿山的结婚照,明明就是他们两个人,却一点儿也看不到他们两个人真实的影子。

这是他们这辈子第四次共同在一张纸上签名了——结婚、离婚、委托和解除委托。曾经因为一张纸,他们成了亲人,后来又因为一张纸成了陌生人。而现在眼前的这张纸,将要斩断他们之间最后的一点儿关联。

为什么每一次签字,都好像一场攻防战呢?隔着玻璃，她将签好的文件递还给段鸿山。

转身离去的时候，雷月忽然想明白了一些事。段鸿山步步为营，他之所以解除委托，一定是另有打算的。他不可能认罪，那么就只剩下一种可能了。

雷月回头望着玻璃墙后的背影喊："段鸿山！段鸿山！"

段鸿山头也不回，越走越远。

她太了解这个男人了。她很清楚，一个绝对理性并追求完美主义的人能做出这样一个决定，就意味着，他已做好迎接毁灭的准备。

她想制止他，但门已经关上了。

走出看守所，雷月忽然想明白了一件事，如果段鸿山早就知道自己的释法说理没做好，以他的个性，不会记不住周德龙长什么样子。周德龙与他只一墙之隔，又怎么可能没见过？那段鸿山就有了故意杀人的动机。到底是怎么回事，她必须找段鸿山问清楚。

雷月疾步走到看守所的预约窗口："我想要预约下次和段鸿山的会面时间。"

看守所的民警在电脑上确认后，以段鸿山已经解除委托为由，拒绝了。

"那我申请家属探视！"雷月说着，从包里倒出户口本、段滢的身份证件，"依据《中华人民共和国看守所条例》第二十八条规定，经办案机关同意，并经公安机关批准，嫌疑人可以会见其亲属。只要经过批准，我的女儿有权见她爸！"

民警将材料退回，只说："是'可以'，不是'应'。"

雷月的家属探视申请，被回绝了。

雷月走后没多久，方灵渊便来了。十四年前的案子了结了，陈婷也被释放，她想总算可以好好梳理一下段鸿山的案子了。

段鸿山一见她却说："不是你。"

方灵渊困惑："什么不是我？"

段鸿山说："我一直认为，这次的事件是杀意的汇集。把对彼此有杀意的人集合在一起，他们早晚会出事，不论是我、李沐风、陈婷，还是周德龙、梅筝。但最重要的人，就是主办检察官，你。"

方灵渊皱眉："如果不是你被举报，我应该还在省院，和我有什么关系？"

"我一直在想周德龙的举报信太规整，像是有人指点过。如果，就是你教他写的呢？你看似是外来者，其实一直都是局中人，我曾经以为你也有杀意。"

方灵渊好奇："我有什么动机？"

"卷入这个案子的所有人，包括你，都跟十四年前的案子有关。我一直不知道你跟十四年前的关联方式，但你一定有关联。也许案中有你仇恨的人，也许案中有你喜欢的人。"

方灵渊不悦:"你凭什么这样恶意揣测我?我是一个检察官。"

段鸿山也说:"你又凭什么恶意揣测我?我也是一个检察官。"

方灵渊说回重点:"可你现在又不怀疑我了。"

"因为陈婷案,你明明握着足以杀死她的刀,却放了她。你做了一个最不容易的决定。如果不是雷月的那封信起了作用,那就是你的选择里没有杀意。你不会是那个汇集杀意的人,我也就安心了。"

方灵渊再次感到了来自段鸿山的压迫感,像是自己被关在看守所里,一举一动反被段鸿山观察、分析。她在办案,却成了段鸿山的研究对象。

方灵渊提醒他:"段鸿山,你才是被关着的人。"

"是啊,多亏了被关在这里,有些问题,我才能想透彻。你觉得,李沐风为什么不是正当防卫?"

"这个理由你不是在听证会上阐述过了吗?"

段鸿山说:"那是理由之一。"

方灵渊好奇:"还有其他原因?"

"在知道《东方的遗产》以前,我也试图寻找过那把刀的来历。但在那个年代,校内打架斗殴的情况太严重了,早已经不可查。找不到刀是谁的,证据链其实存在破绽,可案子还是判了。因为李沐风是被公安以故意杀人罪逮捕送检的,一旦做出无罪判决,不光会让检方,也会让一直与我们合作的警方颜面扫地。在那时公安送来的案子，检察院一定要批捕。因为警方在人力与预算方面是远远超越检方的，如果没有他们的协助，就无法查出真相。哪怕是出于后续合作的考虑，也只能批捕。而检察院批捕的案子，法院一定会判。因为即便法院一审判决无罪的案子，检方也有权上诉、申诉，直至纠正法院的'错误'。这就是我们的司法结构。"

方灵渊问："你到底想说什么？"

"从案发之日起，我作为嫌疑人进入了这个司法结构。这三个齿轮开始运转，互相影响，谁都无法停止。检察官杀人，社会影响巨大，从快从速解决，才能挽回社会对司法的不良印象。现在这个时间，你们应该要对我提起公诉，但显然，你们还没做好这个准备。为什么？因为，你们的证据链出了问题。幸运的是，我曾经就是齿轮的一环，我能感受到齿轮的运转，就像一块表，多了一点儿摩擦，秒针没有按时到达它该到的位置。因为，齿轮被一颗石子硌了一下，一颗很小很小的石子——某个缺失的证据，但它会成为我无罪的关键。摆在你面前的只有一条路，就是对我进行起诉，再由法院宣判我无罪。"

本来应该是两条路。检方可以选择把案子交给法院，也可以选择存疑不起诉。但这两者是存在本质区别的，存疑不起诉，就不是正当防卫。因为段鸿山的特殊身份，检方是不敢选择存疑不起诉的，那会被怀疑是官官相护。而段鸿山也不会接受存疑不起诉，一旦背上这个污点，他作为检察官的职业生涯就到头了。

这是方灵渊对段鸿山的第六次审讯，可他的目光早已越过她，望向她身后的整个检察院，乃至司法体系。他很清楚，他们才是自己真正的对手。

方灵渊说："你不是一个普通的嫌疑人，你还是一个优秀的检察官。既然你谈到了大局，应该服从我们的安排。"

段鸿山说："这个检察官，现在'叛乱'了。"

方灵渊重新凝神看着段鸿山，缓缓吐出一句话："你真要这么做？！"

段鸿山一笑："这是保护检察系统唯一的办法。"

丁一自从跟方灵渊从看守所回来后，脸上的表情就一直不对。

刘少兰问："出什么事了？"

丁一说："段检'叛乱'了。"

这话，像疯长的草一样，迅速铺满了整个检察院。

检察院前楼与后楼中间的那处院子中，聚集着不少借抽烟为由实则打探段鸿山"叛乱"消息的烟民。他们三五成群，俨然一个个分析团。

有人说："我之前去看守所巡视的时候还真见过他。"

周围人便聚拢过来，问起段鸿山的状态。

那人说："看着倒是挺精神，状态还行。"

接着便有人感叹:"这段鸿山不愧是副检察长,到了那种地方还能摆出一副官架子来。"

"未必是装的。你记不记得他接受过电视台的采访,当时他说每个检察官无论面对什么情况,都应该冷静、理智、客观,这是最基本的。我看啊,他是早就想好了要掀起这场'叛乱'。"

此刻,众人都不作声了。在一团团烟雾行将散尽时,有人终于说出了众人都不敢言明的怀疑来:"杀人,也是他早就计划好的吧?"

检察院内宫平的办公室门前站着一位五十岁上下有些谢顶的男人。这位许检察官是特意来见宫平的。其实不用许检察官多说,宫平已经知晓段鸿山发动一人"叛乱"的事了。按理说段鸿山涉案,市检察院内全体检察官都必须回避此案。但段鸿山眼下却明确给出了开战信号,那么这场应对之战势必要全院介入。

宫平不能把话说死,先是看着许检察官感慨了一句:"办案这么多年,还是头一回被嫌疑人牵制了节奏呢。"

许检察官点头认同。

宫平顺势提议:"基于回避原则,不管老段怎么干,我们都不能介入太深。但现在的情况是老段发现了证据链有缺失,那缺在哪里、缺了什么,我们检察院里的任何人,都有义务协助小方,审核一遍证据。"

任何人,就是所有人。

方灵渊仿佛回到了毕业论文答辩现场，只不过对面不是教授，而是武岩市的资深检察官们。他们都是检委会的成员。

此刻，眼前这五位检察官一字一句斟酌，一行一段挑错。有人提作案动机，有人分析证据，每个人仿佛都有发力点，都在一刻不停地辛苦打转。渐渐地，场面越发像论文答辩了，方灵渊成了被轮番提问的对象。

五名检察官轮番提问，所指出的破绽不过都是早被检方预料到的问题。然而这些提问还是有价值的，让方灵渊有机会把所有的证据重新梳理一遍。

果然还是手机。

在周德龙家，方灵渊发现现场捞上来的手机和周德龙家的充电插头不匹配。如果向检方隐瞒这个信息，那么上庭之后，段鸿山是一定会被判刑的。但如果是段鸿山谋杀周德龙，安排梅筝捞手机、换手机，那么这个破绽，他是知情的，甚至是故意设计的。这么一来，捞上来的手机就会成为无效证据，进而影响到其他证据。基于疑罪从无的原则，段鸿山无罪判决的概率会大大提升。

方灵渊甚至担心，如果起诉段鸿山，在法院开庭之后，段鸿山一方会出现证据突袭，拿出真正的周德龙的手机。到那一刻，检方将陷入极其被动的局面。想到此处，方灵渊不禁感到一股寒意。

窗外又开始下雨了。

检委会的想法和方灵渊相反,他们希望尽快起诉。

宫平问方灵渊有没有胜诉的把握。

庭战是方灵渊的强项,但她始终担心,手机这个证据瑕疵会改变审判的走向。虽然,司法结构会对检方有倾斜,可这个倾斜的幅度早在段鸿山的预判之内。方灵渊希望再拖一拖,哪怕段鸿山用程序时间来催促,她也可以像把玉米变成爆米花一样,用各种办法把时间拉长。这是司法的魔术。

宫平不同意方灵渊拉长战线。这是方灵渊来武岩办案以来,宫平第一次明确地表示不同意。

方灵渊说:"按规矩,我是主办检察官,这起案件的节奏应该由我来把握。市院在本案中已经回避,避免徇私,也避免寻仇。这次介入作为技术支持,我可以理解。如果一定要指挥我办案,请您向省院打一个报告,更换主办检察官。"

宫平眯着眼,看着方灵渊,好一会儿才说:"小方,我很欣赏你的性格,检察官就该有你这样的性格,前途无量啊。你看这样好不好,我安排个机会,让你和市领导、公安、法院一起碰一下?"

方灵渊说:"这不是检察官的职责范围。"

宫平说:"这就是检察官的职能范围。"

职责和职能一字之差,大有不同。

市政府食堂的气氛热络而轻松,唯独靠里的那个包间不同。

武岩市公安局局长和方灵渊守着一桌子菜，面面相觑。两人有过一面之缘，单独坐在一张饭桌上却是头一回，气氛很难不尴尬。

两人寒暄了几句，公安局局长就赶忙点开手机，给自己找点儿事情做："我问问法院的老李到哪儿了。"

很快，消息来了，法院院长临时出差，来不了。方灵渊并不意外，她早已做好了打一场恶战的准备。她的努力大概率以失败告终，从这个角度出发，这场饭局开始得越晚，对方灵渊越有利。晚开始一分钟，她就多一分钟思考策略。

七分钟之后，兼任政法委书记的市委辛副书记到了，方灵渊敏锐地捕捉到了辛副书记的一个动作——从进门到落座的短短几秒钟，辛副书记就看了一次手表。

这个举动，宣告着倒计时正式开始。

方灵渊没时间排兵布阵，选择直接冲锋："武岩市需要让人民从段鸿山的案子里感受到公平正义，越快越好！"

现场一片沉寂，辛副书记不置可否，公安局局长自然也不会表态。

方灵渊继续说："走流程开庭势必会多花一些时间，但听证会不需要。因此，尽快召开一场公开的听证会，才能让人民尽快感受到公平正义。"

辛副书记仍旧没有开口，连续两次的沉默足以传递出信号。公安局局长则质疑，公开听证会武岩市并非没有开过，但声量并不大。

方灵渊有备而来，她计划通过网络直播的方式召开这次公开听证会！

这一次，辛副书记开口了："实时直播，就意味着这场听证会只能开好，不能开坏。你凭什么有把握能把这场听证会，开出公平正义来？"

就在气氛最焦灼的时候，包间的门开了。一个能给方灵渊底气的人到了。

省检察院刘检的出面，意味着省检察院是支持方灵渊的工作的。方灵渊顺势提出自己的方案，组织这场公开听证会，只有检察机关出力并不够，要想把听证会开好，还需要刑侦专家、法学教授还有现役法官的支持与帮助。

这也是她参加这场饭局的目的，办段鸿山的案子，必须凝聚更大的能量！

这次，辛副书记没有沉默太久："如果段鸿山的案子真的送到法院去，那接手这个案子的大概率是黄法官，他负责过很多类似的公职人员违法案件，要借此机会和他提前做好沟通。还有，当初把段鸿山送检的赵警官也要出席听证会。"

刘检做了补充："还有武岩大学法学系的廖教授，他专门研究过沉睡法条唤醒条例，在这方面很有声望。他还是小方的导师，由她出面，一定能把这位大教授请来。"

公开听证会提上了日程，方灵渊举杯敬在座众人。

胜利并没有冲昏她的头脑，她感觉到前所未有的压力。从这个阵容来看，这场听证会无异于一场庭审！

方灵渊回家的时候，天已经全黑了。方母给了她一个信封，说是小李送来的。方灵渊拆开信封，里面是一张玻璃展的门票，上面印着"豹"的字样。

二十分钟后，方灵渊出现在了李沐风的玻璃工坊门前，刚好赶上李沐风收工。

方灵渊带着几分醉意挥了挥手中的门票："恭喜。"

李沐风第一时间解释："开展的钱是师父给的。"

方灵渊却说："开展那天我有工作要处理，不能第一时间来，但我又想第一个看到你的作品。"

李沐风引她到后面的操作间，玻璃窑炉边上有一件未完成的作品，玻璃被拉成了无数黑色的丝线。方灵渊觉得好看，但又不懂其中的意思，想问又不好意思问。

李沐风看出来，解释道："还没做完，这是纺锤，命运的纺锤，灵感是从你那里来的。"

方灵渊恍然："蜘蛛丝？"

李沐风微笑："听证会之后，咱们又遇上一次，很偶然。那时候我就想，或许我的命运不需要佛祖来垂下丝线，其实还有命运无形的丝线，把我们所有人连接到一起。相遇或者别离，早在既定的轨道里。我不是被佛祖剪断了丝线，而是遵从了无形的命运。所以我就做了这个。"

方灵渊赞许道："真好看，你看这些线还在闪光。"

李沐风说："用了和《豹》一样的工艺。"

"我更喜欢这个。"

"这个难度要高一些。"

"我不懂难度,我就是觉得这个不孤独。《豹》太孤独了,栏杆困住了自己,也挡住了别人。而这个纺锤,用丝线连接了过去和未来。"说着,方灵渊忍不住伸手想摸,却又克制地缩了回来,"差点儿就摸了,别给你弄坏了。"

"没事,你摸摸看。"

方灵渊轻柔地触摸着玻璃丝线,像在触摸命运。

陪李沐风关了店,两人一起从老街走出来。天下着小雨,两人各撑着一把伞,保持着不近不远的距离。走到一处十字路口,遇到红灯,两人驻足等待。

方灵渊的酒意还没消散,一停下来,她就觉得眼皮沉重,困意袭来。

李沐风想伸手扶她,又觉得唐突,只能通过说话来帮她提神:"段检的案子怎么样了?"

"他不是一般的嫌疑人,案子很棘手。"

李沐风说:"他面临的也是场域问题吗?十四年前我是杀人的学生,十四年后他是杀人的检察官,这也算一种无形的场域吧?"

方灵渊说:"很复杂,像纺锤的丝线一样复杂。"

"那么多条法律,有几个人能全背下来?汉高祖约法三章,杀人者死,伤人及盗抵罪。人人都知道自己不能干什么。但现在的法条，就算能全背下来，有些条例存在矛盾，有些会产生不同的解释。如今连谙熟法律的段鸿山，也被困在法条里了。法律为什么不能像红绿灯一样简单呢？"

方灵渊清醒过来。

李沐风继续说："红灯的时候就停下，绿灯才可以往前走。如果正当防卫的法条能有这么明确，告诉我什么情况能抵抗，什么时候不能反击，那我就不那么害怕了。"

红灯变成绿灯，人群开始顺着绿灯的指示有序地行进。

梅筝站在自家的窗边，望向对面的住宅，这里能清晰地看到陈婷的家。那件飘荡在阳台上的白裙子，不见了。梅筝知道，陈婷回家了。可她暂时还不知道，交出证据的决定带来的到底是幸运，还是不幸。

此刻，方灵渊就坐在梅筝家的餐桌边。昨天的酒已经醒了，肚子正饿。桌上是做好的饭菜，看起来是两人份的，其中就有一道削过皮的芦笋。

方灵渊打探着问："菜不少，一个人吃得完吗？"

"我做多了，你吃吧。"

方灵渊毫不客气地拿起碗筷，往自己碗里添着饭。方灵渊一边吃一边想，这也许是给陈婷准备的饭菜。这样的饭菜，段鸿山也吃过吗？于是她问："你和段鸿山是什么关系？"

梅筝一怔:"只是可以一起聊天的人。"

方灵渊捧着碗,有些不解:"只要不是哑巴,不是和谁都能聊天吗?"

"当然不。"梅筝摇摇头,"说话和聊天不一样。我们都是寂寞的人,聊得来。"

方灵渊顺着梅筝的话想要套出点儿什么来:"看来你很了解他了?"

"我不了解。"

"为什么?"

梅筝说:"因为他只聊未来,不谈过去。我只能看到他此时此刻的样子,有时候说着说着,我也会忘了过去的自己。刚刚失去一切的那段日子里,武岩也时常下雨。一天晚上,我做了一个梦,雨水将整座城市淹没了,在深不见底的水下,有无数宝藏。我不会蠢到相信这个梦是真的,但我相信水下的世界一定很安静。在那里,我不用担心有人在背后指指点点,时间是静止的,穿上潜水服,水下的一切就都属于我了,我又能够变回当初那个自己。水族馆的工作太过梦幻,以至于我竟忘记了'一切'是一个多么可怕的字眼。"

方灵渊追问道:"你想过他为什么要接近你吗?"

"可能他想把我从水里拉出来吧,但我不敢出来。"

方灵渊凝视着梅筝的眼睛,这是一双很漂亮的眼睛,也是一双很会骗人的眼睛,不知道她在和段鸿山说话的时候,会用怎样的眼神。想到此处,方灵渊不由得想起段鸿山的说辞——人哪能活在水里呢？方灵渊曾质疑过这些都是梅筝的选择。

段鸿山却说："那是她主动选择的吗？是选择，还是就只能那样？她是个很优秀的女孩，她应该换一种活法。我每次去见她，就是想告诉她，人应该走到阳光底下。我希望她能从鱼变成人。"

方灵渊看向梅筝，她的眼神还是那么扑朔，让人猜不透。她不打算绕圈子，直截了当地问："你现在可以把周德龙的手机给我了吗？"

梅筝皱眉："捞到的手机已经交给警方了。"

方灵渊确信道："不是这一部，充电插头对不上。"

梅筝沉默了片刻，随后淡淡地说："你要是不信，我这里你随便搜。"

方灵渊轻笑一声，不再问了。她放下筷子："锅里剩的米不多了。"

"你都吃了吧。"

"不合适吧？"方灵渊一边说着，一边把剩下的米饭添进碗里。

窗外，雨停了。黏糊糊的雨滴从窗上滑落。

方灵渊已经走了，屋子里只剩下梅筝一个人。这间小屋很像海底潜水舱，或许女人都是水做的，但不是所有女人都能溶于水。

梅筝坐在窗台边，享受着天黑前这最后几分钟雨后夕阳。玻璃上的水珠一点点被蒸干，留下泪痕一样的水渍。梅筝脸上很久没出现过泪痕了，因为流向水底的眼泪是不会留下痕迹的。

直到那一天，警方来到水族馆请求专业人士协助打捞，提到了段鸿山去过的渔场。梅筝这才意识到，自己在水下的梦幻世界沉浸太久了，她以为穿上那件潜水服，水下的一切就都属于自己，可她高兴得太早，全然忘记了"一切"是一个多么可怕的字眼。这座城市进入了新的雨季，掩埋着过往血迹的尘土被冲刷干净，大地上显露出泪痕般的证据。

她在水底找到了那部手机，然后，换掉了它，将提前备好的另一部手机交给了警方。

听证会结束那天，梅筝去玻璃工坊找李沐风。

天气很热，世界的轮廓被蒸得模糊不清。时间被遗忘在水下的一呼一吸之间，可那场听证会，将她从水下彻底拉上了岸。她对道路很熟悉，步伐轻盈得像是走在回家的路上。

她在路边买了个西瓜，拎着西瓜，步子就慢了，也沉重了。

李沐风正在工坊的操作间里忙碌，看见梅筝，他有些意外。

天太热了，她拎着西瓜，发丝湿漉漉地黏在脸上，显得苍白脆弱。李沐风从她手里接过瓜，想招呼她坐下。

梅筝却跟他一起把瓜放进水池里冲凉。两人撑在水池边，水流冲打瓜皮，溅起的水花落在他们的手上。两只手挨得很近，被溅上了水花却都没有动，谁也没有说话。

梅筝侧目看他，夏日的阳光总是明媚的，恍惚间她仿佛看到了十四年前那个坐在图书馆窗台边安静看书的少年。时光仿佛在这一刻重叠，却又带着无法言喻的沉重。

梅筝轻声问："你记得《里尔克诗选》吗？那本书有一首诗《豹》——"

李沐风说："翻译得有点儿怪。"

梅筝笑了。

李沐风说："你在后面的借书卡上写了另一个版本的译文。"

梅筝说："它好像只有千条的铁栏杆，千条的铁栏后便没有宇宙。"

李沐风没再说话，而是等着梅筝开口。梅筝却吃起了西瓜，吃得很慢，像在故意拖延时间。西瓜被冰镇过，很凉，渐渐平息了梅筝心底的燥热。

梅筝问："我们到底还要扮演受害者到什么时候？这些年里，就算我们想要忘记，周围的人也不允许我们表现得像过去一样，永远都在提醒我们，那些过去不会消失。"

李沐风仍是沉默。直到梅筝拿出手机——周德龙的手机。

"现在他的命运掌握在我们手里了。"

李沐风一怔:"你为什么要告诉我这个。"

梅筝说:"为了说出我的秘密,现在我对你没有秘密了。"

李沐风说:"这是关键证据,如果交上去,或许还能救段鸿山一命。"

"我把选择权交给你。"

李沐风说:"如果我交出去,你会怎么样?"

"我会承认,我是所有事件的幕后黑手。张源的死和周德龙的死,都是我的安排。"

李沐风接过手机,他在动摇。"不,你不能这么做。"李沐风说,"十四年前,我在图书馆救了你,你不该有这样的结局。"

陈旧的手机在一瞬间破裂开来。段鸿山杀周德龙一案最关键的证据,被李沐风粉碎了。

李沐风将手机碎片盛入一个铁铸的容器,放进高温炉中。红色的火焰在高温炉中跳跃起舞,吞噬着所有的过去。

梅筝惊讶道:"你要把它熔进玻璃?"

"知道烧制玻璃为什么会出现不同的颜色吗?是因为

金属的氧化物，也就是我们所说的着色剂。每种金属元素都有它独特的'光谱特征'。"

"它会是什么颜色？"梅筝问。

"我也不清楚这里面的金属材料都有什么。"

梅筝思索片刻说："那我猜是蓝色，我喜欢蓝色。"

"我猜不出。我想问你，图书馆里的那把刀，是你放的吗？一本书里为什么会出现刀？为什么会刚好在你出事的时候掉下来？那把刀，究竟是谁藏的？"

梅筝说："不是我。我和你有过一样的想法，我也怀疑过，是你早就在那里放了那把刀。"

"那可能就像方灵渊说的，是张源给周林带来的吧。"

李沐风将熔入了金属的玻璃取出，拉成一条丝线，玻璃冷却成形，是黑色的，但透着缤纷的色彩。

梅筝有点儿失望："你准备做件什么？"

"命运的纺锤，用这些金属做出的玻璃丝线，应该会很漂亮。"

"为什么会想做丝线。"

"想触摸命运。"

梅筝从身后抱住了李沐风："这下，我们是共犯了。"

无数晶莹剔透的丝线缀在纺锤之下，分成无数条道路与可能性，最终又交会在一起，走向命定的结局。

第十一章

一个渴望被法律保护的普通人

段鸿山在民警的带领下从看守所监牢中步出,终于重见天日。清冽的风携带着冰凉的雨丝,钻进段鸿山的领口。他眯紧双眼,望着不远处,那在车前等候着他的女人,身姿仍然挺立如竹。

"走吧,公开听证的日子到了。"方灵渊的声音传来。

丁一从驾驶座上下来,打开后面的车门,那个座位曾是段鸿山每次外出办案时的专座。段鸿山笑了笑,疲惫却不失淡定。他上了车,一切似乎又回到了起点。车子和人都打着战,钻入了无垠的雨幕。

车子沿着城市的街道穿行,段鸿山出神地贴在窗上。他向往自由太久,如今却还要习惯一下没有栅栏的窗。

汽车开进一片闹市区。这座自己生活了几十年的城市成就了他，也即将毁灭他。在通往检察院的路上，过往几十年的回忆一点点涌入脑海，冲散了段鸿山的疲惫与焦虑。此刻，他突然变得很平静，用近乎唠家常一样的口吻问道："方检察官很久没回武岩了吧？我给你当个导游吧。"

方灵渊一怔，正感到奇怪。

段鸿山面带感慨，指着远处的一家超市，说："福源金店。"

坐在前排的丁一一直听着，此刻打断段鸿山："您忘了，那儿许多年前就拆了。"

段鸿山说："二〇〇六年。"

丁一有些困惑："是二〇一〇年拆的吧？"

"二〇〇六年九月的一天，下午三点，三名罪犯持枪抢劫福源金店。领班陈春生为了保护同事的安全，交出了店内所有昂贵的首饰，还协助三名罪犯逃脱。店主损失了八十万，最后把陈春生告上了法庭。"段鸿山说的不是拆迁的时间，而是此处案发的时间。

"人命关天，人的生命价值重于金银财物，这个案例符合紧急避险。"方灵渊说出段鸿山对此案定论的理由。

车窗外的景色一点点后退，段鸿山的神态越来越放松，越来越从容，仿佛只是跟两个后辈回检察院开一场简单的例行会议。

车辆来到一个Y形路口，三组信号灯在漫天雨雾中显得格外昏暗。

"二〇〇八年三月，一辆捷达轿车在这个路口和出租车相撞。那时候前进路只有一组信号灯，两辆车都看到了绿灯，同时起步，结果三人重伤，一人死亡。"

"是你的处理结果，让这里多出了另外两组信号灯。"方灵渊了然，"你对经手的每一起案子都记得很清楚。"

段鸿山理所应当道："对办案质量终身负责，这是最基础的。"

随着风和雨的节奏，车子拐进了一条古老的小巷，段鸿山介绍道："三合巷，这里曾是武岩市治理的难题所在。"

方灵渊也回忆道："小时候被父母告诫过很多次，宁可绕远，也不要走这边。"

段鸿山说："二十年前，三合巷停水以后，两家人在谁先打水上起了争执，一怒之下拔刀相向。年轻的那个先捅了另一个。被捅的也不示弱，他夺刀反击，砍伤对方后，又补了几刀。那个年轻的被送到医院的时候，人已经没了。"

丁一惊讶："这道题，我在准备法考的时候做过。"

"你当时认定补刀的街坊属于防卫过当。"方灵渊对段鸿山说，她顿了顿，调侃道，"你的处理标准，总在最巧合的时机发生变化。一到跟你有关的案子，就全是正当防卫。"

段鸿山却坦然回应："时间变了，社会环境变了。不只你爸妈，那时候的父母都会告诉家里的孩子，天黑不要一个人走夜路。一九九八年到二〇〇三年的五年之内，武岩市及周边辖区就发生了二十七起事关人命的恶性斗殴事件。如果我当时做出正当防卫的定性，那么往后再有类似的互殴事件，加害者会不会以此为借口尝试脱罪？"

方灵渊摇头："在我看来，检察官的工作就像是在下黑白棋。一开始，我们下黑棋，怀疑所有人都有嫌疑，再一个个翻过来，证明他们是白的，最后总能把黑的筛出来。"

段鸿山很平静："司法制度希望案子能黑白分明，是因为判决需要一个答案，来回答这个人是好人还是坏人、有罪还是无罪。但真相，往往是灰色的。司法正义是不同正义下所认定的真相之争。每个人都有自己认为的真相和认定该行使的正义，并借此审判别人是否有罪。"

"那你告诉我，你在办案时追求的，是真相，还是正义？"

"是正义。因为真相只能被无限接近，不可能抵达。"

父亲即将面临一场审判，女儿也在面临一场考验。

武岩三中的一间教室，段滢正自信从容地应对着主考官的各种提问。雷月陪在段滢身侧，神色反而比女儿更紧张。

不可避免地，主考官还是提起了段鸿山，提起武岩市人人都在关注的这起案子。

"你怎么看待你爸爸，以及你爸爸的案子？"

雷月几乎是立刻起身，提出抗议。段滢反而牵住了妈妈的手，冲她摇头。

"我的爸爸是一名检察官，每天与各种各样的嫌疑人打交道。我并不了解他具体的工作内容，他也不会和我说起他的烦恼。他总是笑着和我说'别怕，有爸爸在呢'。我相信他能把工作做好，也相信他面对那些需要帮助的人时也会像对我一样，说出那句'别怕，有检察官在呢'。这和他的职业无关，而是因为我爸爸就是这样一个可靠的、总是充满信心的人。不久前，我爸爸被卷进一起麻烦的案子，成了一名嫌疑人，但我相信和我爸爸一样的检察官们会弄清楚这一切的。"

这场面试之前，段滢已经从母亲那里听说了父亲公开听证的消息。想必，爸爸此刻也和她一样，以同样自信从容的姿态，面对着法官和昔日同僚们的提问。

于是，段滢露出了冷静而沉着的神色："我相信，他会没事的。"

一队黑色轿车纷纷停在了检察院大楼外。有人上前恭敬地拉开车门，车上的人一个接一个地走下来，登上湿滑冰冷的台阶，走进雨雾中看不真切的检察院大楼。

十三双皮鞋踩在大楼内部的防滑毯上，十三件黑色、深蓝色抑或深褐色的行政夹克，十三把雨伞，十三只整齐摆放在巨大会议桌上的茶杯。这群黑压压的身影走入听证会现场，一个个落座，整个会议室的座次与布置，俨然一个法庭。

放眼望去，正如方灵渊所设想的一样，接手此案的黄法官、武岩大学法学系的廖教授、将段鸿山送检的赵警官等人都已聚齐在这里。除此之外，还有段鸿山过往的同僚、就读法学院时代的同学、相关的媒体单位等。

此刻，十三名听证员在如舞台一般的模拟法庭上隆重聚首，他们互相致意，但每个人的动作和眼神中都带着一股大戏开场前的僵硬，因为他们实质的身份是审判者。

时针尚未指到九点，桌面正中的直播装置吸引着人们的目光。但很快，所有人的视线都转向了会议室门外。一阵沉稳的脚步声传来，有一种很熟悉的节奏感，仿佛踩在一层无人在意的枯叶上，宠辱不惊。与会的检察官们很久没有听到这样有标志性的脚步声了。

段鸿山在所有人的注视下走了进来。

方灵渊跟在段鸿山身后步入会议室，干脆利落地坐在主持者的位置上。

满屋的人都坐着，只有杀人案嫌疑人段鸿山站着。可段鸿山却依旧挺拔，方灵渊竟有些恍惚，仿佛看到段鸿山身上穿的还是检察官制服。

九点一到，方灵渊便起身说："今天，武岩市人民检察院在这里召开段鸿山渔场杀害周德龙一案的听证会，通过听证、视证的方式，公开听取各方意见，为本院依法公正办理刑事案件提供参考。我是主办检察官方灵渊。听证会现在开始。"

直到走进听证会现场的那一刻，段鸿山才知道参会者都有谁。看着一张张熟悉的面孔，一道道审视的目光，安装在房间各个角落的直播与录音设备，段鸿山明白了，这就是一场模拟法庭。没有律师，今天，他要以一己之力为自己而战。

方灵渊开口发问："段鸿山，你仍然坚持自己是正当防卫吗？"

"是。"

方灵渊示意："请你描述一下案发时的情况吧。"

段鸿山再一次叙述起案发时的所有细节。这段叙述，他已经重复了无数遍。之前是对着警察说，对着方灵渊说，这次他对着所有人说。他的声音低沉，每一个人都侧耳倾听着，仿佛段鸿山在单独向他们每一个人倾诉。作为身经百战的检察官，段鸿山太清楚如何在现场打动每一个人。

赵警官敲了敲烟，却没点燃。他问段鸿山："你当时是怎么杀死周德龙的？"

段鸿山顿了顿，说："我先利用手表上的螺丝磨断了绳子……"

赵警官微微抬手，打断了他。香烟在赵警官的指尖翻转，烟嘴在空中画出一道半圆弧线，最终指向段鸿山。

他的眼睛像一把刀，剜向段鸿山半明半暗的侧脸："不要用说的，演示一下吧，把我当成周德龙。"

赵警官起身，来到段鸿山身边。现场动作还原，这的确是警方最常用的方式。检察官通常敏于言、讷于行，语言容易造假，动作却难以造假。赵警官的策略明晰，先用眼神震慑，再提出你意料之外的要求，在毫无准备的情况下，没有人能百分之百地还原案发时的真实情况。然后，他会顺势点出你前后矛盾之处，或者说，有时在你还原之前，他们就已经想到要如何反驳你了。而在检察官眼里，这只是一种无关真相和法律的表演。

段鸿山并没有表现出赵警官预想的慌乱。他只是坐在地上，双手背在身后，做出被绑架无法动弹的模样，然后看向赵警官："当时，我利用手表上的螺丝磨断了绑在我手腕上的绳子，起身逃跑，却被他发现了。"

赵警官问："他第一时间控制住了你吗？"

"是的，"段鸿山站起身来，"他拿着一把刀堵住了我的去路，威胁着要杀掉我，并且持刀向我冲来。"

在他说这番话的时候，赵警官一直跟随段鸿山的讲述，有节奏地转动着手中的香烟。赵警官又问："刀冲着你哪里？"

"胸口。"

赵警官上前，用香烟点住段鸿山的前胸："像这样吗？你是怎么把刀夺走的，给我演示一下。"

段鸿山上前抓住他的手腕，双手用力一扣，香烟划过他的衬衫前襟，指向地面。接着，段鸿山抠住赵警官的手指。

赵警官发力："是这个劲儿吗？"

段鸿山说："大了。"

赵警官减轻了些力道，两个人争抢起来。争夺间，香烟指向赵警官的胸口。

赵警官一愣，香烟掉落在地，他捡起那根早已经不成样子的烟，捋了捋，转身朝着方灵渊和听证员点点头——没有疑点，然后坐回了原位。

一直观察演示的武岩大学法学系廖教授，如接力一般走上前，向段鸿山发难："段鸿山，你说当时周德龙的刀是你空手夺走的，对吗？"

"是。"

"根据《中华人民共和国刑法》第二十条，为了防止正当防卫权被滥用，防卫权的行使是有时机条件的。只有对正在进行中的不法侵害进行反击，才属于正当防卫。但是现在没有明确的证据能证明，你把刀刺向周德龙时，不法侵害正在进行。相反，他的凶器已经被你夺走，在这个时候，你为什么不选择逃走？"

"因为跑不了，我也来不及跑。赵警官，请问刚才从我夺过香烟到刺中你，过程有几秒？"

赵警官思索："大概七秒。"

段鸿山重新看向廖教授："七秒的时间里，我还没能完全掌握那把刀，周德龙也在试图将刀夺回。"

"你是个检察官，你认为这算正在进行时吗？"

段鸿山解释道："所谓的正在进行时，要求只能在不法侵害已经开始且尚未结束的状态下才能防卫，这未免太过于理想化，适用范围也很窄。七秒钟，我要活下去，我不反击，难道要等着他把我扑倒，继续加害我吗？"

廖教授不买账："可他手中已经没有凶器……"

"德国有一起'上衣口袋案'，甲乙两人素有积怨，在他们发生争执时，甲抓住了乙的上衣口袋，而乙的口袋中恰好有一把手枪。甲在数日前就威胁乙，说早晚要开枪杀了他，出于自我保护，乙掏出手枪开枪杀死了甲。尽管甲对乙的伤害还没有直接发生，但在接下来的几秒是可以转化为一种侵害的！最终，德国法院认定乙的正当防卫成立。"段鸿山紧接着说，"再看国内的案例，甲骑车时与醉驾的乙发生剐蹭。乙下车推搡、踢打，甚至用刀具追砍甲。甲在争执中夺走刀具，捅刺了乙的腹部、臀部。乙受伤跑回轿车，甲持续追砍，导致乙失血过多倒在绿化带中，最终送医抢救无效身亡。这起案件，最初也有人认为，甲在抢走刀具后，乙的侵害行为已经结束了。经过反复论证后，最高检最终认定，案件发展过程中，乙的行为举止均表明，他不是一个会善罢甘休的人，因此将甲的行为定性为正当防卫，支持公安机关撤案。所以刀具被夺走，是一个虚假的侵害行为终点。同理，谁能保证周德龙不会对我继续实施侵害？"

段鸿山顿了顿，看着屋内的一众听证员，看向每一位审判他的人："每一起案子，不法侵害人往往都是有备而来，基本上都是抢先行动，占尽了天时地利，防卫人本身就处于被动地位，为什么还要对他们要求得如此严苛？正当防卫应当允许防卫人优先抢占天时地利，否则防卫人只能被动挨打。"

雨下得更大了，在窗户上留下串串水珠。段鸿山的一席话，说动了听证员们，让他们不由得陷入思考——正当防卫的判定条件是否真的这么苛刻，难以延展？

最激烈的交锋发生在段鸿山和方灵渊之间。

段鸿山问："周德龙的手机记录了案发时的情况，这部手机为什么没有在证据目录中出现？"

方灵渊想，还是来了。

方灵渊答："警方的确在案发现场的渔场中找到了一部手机。但手机在水里泡了一段时间，数据无法恢复，所以我把它从证据目录里排除了。"

"是无法恢复，还是你们有意不恢复？即使无法恢复，也应该作为证据呈堂。这是现场发现的证据，检方刻意排除，使证据链产生缺失，是否有隐匿部分证据之嫌?!"

段鸿山这话一出，现场一片哗然。

方灵渊早有准备："首先警方曾经反复向你求证手机型号，你都说记不清了。其次，在周德龙家发现的手机充电接口与现场发现的这部手机不同。最后也是最重要的，手机虽然是在渔场里发现的，但并不是第一时间发现，我认为存在证据被替换的可能。"

段鸿山第一时间反驳："那到底有没有被替换？有就是有，没有就是没有！这种模棱两可的说法是想暗示什么？想暗示在看守所的我主导了证据替换吗？"

方灵渊说："因为无法证明真实性，我排除了手机这项证据。"

段鸿山质问道："哪个真实性无法证明？是手机的真实性，还是我替换证据的真实性？我想说，就算真的存在证据替换，这部手机也依然应该出现在证据目录里！"

方灵渊说："你反复强调手机这个证据，目的是证实周德龙对你进行了直播审判。但是我们调查了各大平台，完全找不到这场直播的任何记录。到底是证物有问题，还是你的证词有问题？"

段鸿山苦笑："我身陷囹圄，为什么要虚构一场直播？"

方灵渊问："你认为，找到这段直播，就能证明你是正当防卫？"

段鸿山答："对。"

方灵渊又问："你证词里对直播内容的描述绝对属实吗？"

段鸿山说："绝对属实！"

方灵渊说："那恰恰说明周德龙没想杀你！如你所述，周德龙一再强调要根据直播的结果来审判。那么结果里，就存在两种可能：一种是杀死你；一种是放了你。

这点属实，那周德龙绑你是为了杀你这个论点就不复存在！只能证明周德龙存在非法监禁，而非故意杀人！"

段鸿山一怔。

方灵渊继续说："周德龙不是故意杀人，你就不是正当防卫！"

"这只能证明……"段鸿山停住，他发现自己的声音哽住了，思绪已经乱成一团。他用手遮住脸，以期快速地平复。

过了一会儿，段鸿山才继续道："我不知道周德龙是基于什么原因，要把我当成报复对象。事实上，所有的周边证据都足以证明，周德龙对我心怀杀意，并已经付诸实际行动。不能忽视的一点是，他身患绝症，对人生已经失去希望。他是带着毁灭的意愿绑架监禁我的。直播审判，是他握有生死大权的表现。无论直播结果如何，他都有可能杀死我。更重要的是，当时直播的投票结果是杀死我，这和他的自毁倾向完全一致。所以，在投票结果出现后，周德龙就是故意杀人！"

方灵渊冷静地说："但唯一能证明这点的，只有周德龙的手机。"

这段交锋，无疑是方灵渊赢了。

公开听证结束前，段鸿山做了最后的陈词。

"这个案件有两个受害者，一个是周德龙，一个是我。但很遗憾，大家都忽视了我是受害人的一面。我受害在先，周德龙受害在后，如果我不是一个受害者，这场悲剧就不会发生。在四处都是监控的时代，一个蓄谋伤害者，毫无疑问会躲开监控作案。大家只看到了周德龙死亡的结果，而没有看见我面临生命危机的过程，仅靠语言，我难以自证。我是一个穿制服的人，是一个检察官，不可以慌乱，不可以紧张，不可以脱离理性，不可以当一个普通人，不可以是正当防卫。"

他拿出一封信，竭尽全力控制着情绪："各位，这是我早就写好的辞职信。从现在开始，我不再是检察官，不再是副检察长，请大家重新认识我——一个渴望被法律保护的普通人。"

他哑着嗓子说："以前我办案，只从理论上思考，就像大家现在一样坐而论道。我们有时间、空间进行推敲，交换观点，判断防卫是否正当。我总觉得自己做得不错，办得圆满。可当我真的陷入死亡旋涡，锋利的刀刃近在眼前，我才领悟到，正当防卫的选择时间，只有短短几秒。我想问在座的各位，没有目击、没有监控、没有证据，换成是我被周德龙杀了，能不能证明周德龙故意杀人？换成是你们，在没有目击、没有监控、没有证据的情况下，遭到生命威胁，你们会不会坐以待毙？当一把刀随时能刺进你的胸膛，却有人警告不能反击，防卫将遭遇刑罚，因为它不正当……"

段鸿山哽咽了，强忍住情绪发问："请你们告诉我，我该怎么办？"

这一瞬间，所有人都不忍看他的眼睛。现场沉默，直至段鸿山再次开口："十秒钟过去了，没有答案。不论结果如何，我都是正当防卫！"

不知什么时候，外面的雨停了，夕阳悲怆的光透过窗子照进来。满屋的人都坐着，站着的只有段鸿山，他比任何人都更先看到夕阳。

城市像一个巨大的剧场，落霞像拉下的帷幕。每个生活在日常舞台里的人，都不舍地望着，贪恋雨季里难得一见的夕阳。

第十二章

我要在时间法庭上申诉

检察官办的不是案子，而是别人的人生。但如果面对的是一道电车难题呢？一侧是段鸿山的人生，一侧是检察系统的荣辱。在你做出决定之前，你在审判别人。可一旦做出决定之后，别人就能审判你，审判你的对错。了解了这一点，你还能坦然地去办别人的人生吗？

段鸿山被送回看守所后，现场仍然一片沉寂，直到方灵渊打破了沉默。

她望向深深的远方，像是在和会场外的人对话："听证会，实际上就是民众对我们检察官的一场质询，也是我们对自己的一场质询。检察官是什么？是活生生的人，是一个职业符号，还是一个抽象的概念？是人，就不可能完美无瑕,也不可能永远不变。任何人在特定契机下都有可能犯罪,但这种犯罪行为和他本身善恶,并不存在必然关系。也许是在休息日逛商场,遇见了一个盗窃的贼。你想追他抢回自己的东西,却不小心将他推落楼梯,他的头磕在地上,死了。这算不算犯罪?也许是和朋友一起下河游泳,你们都会水,你迫切地拉着对方一同下水,他却不小心呛了水。河水湍急,你来不及再次拽住他,他被卷走,溺死在了河里。这算不算犯罪?也许是你遇到了一个狂热的追求者,他写情书,寄礼物,跟踪你到了你家,以爱你的名义想要侵占你。你怕他又来,便在枕边藏了一把刀,随时准备反击。他果然摸黑溜进了你家,你太害怕了,拿起刀挥舞,刺中了他的心口。这又算不算犯罪?"

与其说方灵渊是在陈词,倒不如说是在倾吐着盘桓在她心中多年的疑问。

"检察官也是一个普通人,一个再平凡不过的人。我不能要求一个人永不犯错,也无法保证自己永远不会犯错。所以,我没有资格说'我办的不是案子,是别人的人生',我的每一个决定,都关联着自己的人生。如果某一天,我自己亲历一场诉讼,我不是一个审判者,也不是一个旁观者,而是一个落水者,身陷司法旋涡里,我将多么渴望获救啊。让获救的过程,再简单一些;让获救的方式,再简单一些;让获救的原因,再简单一些……"

"如我在诉"无数次出现在纸面之上,但真正领悟,需要的是沛然无畏的勇气。

"本案事实与正当防卫的契合度无须赘述,只要出于公心,就能得出正确的结论。二十多年前,许多人借着正当防卫的名头去伤害别人,为了保护大多数人,这项法条的执行条件很严苛。可现在,人们受到了侵害,却不知道该如何反击,如果我们不在这个时候唤醒正当防卫这项法条,这真的符合老百姓的期望吗?在我看来,真相就是真相,定性就要基于事实证据。"方灵渊最终一字一顿地结束了陈词,"我希望大家忘记段鸿山的身份。不管嫌疑人是谁,他都需要一场公平的审判!"

又过了许多天,在看守所内,方灵渊向段鸿山宣读了听证会的结果。

"经听证会合议讨论,报省检察院批准,东郊渔场杀人案,嫌疑人段鸿山故意杀人证据不足,不予批捕。"

没有证据证明段鸿山是正当防卫,但也没有证据证明他是故意杀人,因此,最终判定存疑不起诉。司法上提倡疑罪从无,但事实上疑罪从无实际应用非常少。方灵渊做出存疑不起诉的决定,也需要莫大的勇气。

方灵渊放下不批准逮捕决定书,问:"迷宫走到出口了,你满意吗?"

对于段鸿山来说,结果仍有遗憾。他说:"疑罪从无与正当防卫终究是不同的。"

"你应该清楚，即便是现在这个结果，已经是巨大的进步。"

段鸿山不置可否："哪怕没有证据，但我清楚我的的确确经历了一场直播。我一直想不明白一件事，即便手机数据无法恢复，可如果是直播，网上不可能没有一点儿记录。排除一切，那就只剩下一种可能——那根本就是一场假直播！是周德龙做局，抛下了一块诱饵，让我笃信自己的正当防卫能够成立，再将我推入完全无法自证的境地。如果我没猜错，你向我藏匿了一处证据。"

方灵渊一怔："你为什么会这么想？"

"设计一场假直播骗我不难，可是要在案发后抹掉相关的证据，说明他还有共犯！你有没有查过，捞手机的人是谁？"

方灵渊凝神望着他，却辨不清这到底是一个疑问，还是另一个圈套。

方灵渊说："即便我不说，你应该也猜到了。"

段鸿山笃定："梅筝。"

"我没有说出这个信息，是因为我吃不准你们的关系，搞不清她的动机。她去捞手机，到底是为了帮你，还是害你？无论是哪一种，都充满了不确定。作为一个计划，太任性了。"

"还有一种可能，她的动机里根本就没有我。她只是为了保护周德龙真正的共犯。真正的共犯设置了假直播，来操控周德龙的行动。唯一能证明这点的证据就是那部手机。梅筝因为某种原因，得知了这个计划，所以她在水下换了手机，这样就没有任何线索能查到共犯是谁。这个共犯，是梅筝不惜代价也要保护的人。"

两人几乎是同时想起，在李沐风的听证会上，哪怕他们坐在了一起，但梅筝从始至终没有看过李沐风。

段鸿山说："已经接近真相了。"

方灵渊说："任何真相都是局部真相，因为真相不止一个。"

丁一和刘少兰在看守所门前守着，接段鸿山回家。

看见段鸿山走出来，身上穿着检察官制服，他们才松了一口气。

段鸿山进去时，身上的衣服严重破损，还都是血污。看守所通知让准备新衣服，他俩就自作主张，只送进一身检察官制服。如果段鸿山肯穿，那就说明，他对自己的职业还没有完全失望。

阳光正好，段鸿山脸上的伤已经消退，身上的制服也是洗熨如新，不像是被从看守所释放出来的，倒像是去看守所提审的。

然而，段鸿山没上他们的车，而是朝他们挥挥手，便独自一人走向公共汽车站。

公交车在城市街道上摇晃，带着段鸿山驶向市中心。颠簸里，他闭上眼睛，渐渐沉入梦乡。这是案发以来，他第一次真正睡着。等他再睁开眼，车已经驶入繁华的街区，世界也已经滑向盛夏。

下了车，他沿着怒放的花径往家走。沿途，好几个陌生人跟他致意。他有点儿诧异，旋即明白过来。因为他穿着检察官制服，所以获得了人们的友善和信任。

一辆洒水车从后面驶过来，他没提防，被溅了一身冷水。这突如其来的凉意，让他彻底清醒过来，真真正正地感受到了刚获得的自由。

飞散的水雾里，一道袖珍彩虹若隐若现，他很想抓住那道彩虹。

回到家，段鸿山一个接一个地解开了刚刚扣好的制服纽扣。刚穿上的检察官制服，被他脱了下来，挂在阳台上。

虽然错过了女儿的升学面试，但至少，他还能赶上毕业典礼。段潆闹着一定要给他亲自剪头发，于是段鸿山在阳台坐下，任凭段潆手中的剪刀在他的碎发之间穿梭。

这个瞬间，会让人想到雷诺阿的画——阳光恰到好处，两个人默契地沉默不语，周围安静得能听到风拂过的声音。女儿的影子被一点点拉长，一点点长大，段鸿山贪心地闭上双眼，想将这一刻永远留在脑海中。

而隔壁，再也没有那双窥视他们的眼睛了。

学校看台上一片喧腾。

雷月来时，一下子没找到女儿在哪儿，在段鸿山的指引下，她看到段滢不在班级队列里，而是站在护旗手的队伍中。两人拿着手机给女儿拍照，很为她感到骄傲。

段滢的眼眸中倒映着国旗，坚定明亮，国旗上的五星汇成了她眼底的星光，照亮了她的灵魂。

典礼结束，一家人走出校门的时候，有人摁响了车喇叭。段鸿山认得，是那位廖教授。

临走前，雷月问段鸿山："以后就一个人了，你能行吧？"

段鸿山用笑容掩盖自己的无措。雷月拉着段滢上了车，段鸿山静静地目送着车辆离开，看着车轮扬起的烟尘慢慢散去。

以后就一个人了，能行吧？段鸿山心想。

段鸿山的案子结束了，方灵渊不久后也将回到省检察院，离开前她打算去李沐风的玻璃艺术展看看。

展厅内早已人满为患。尽管李沐风申诉失败了，但他当年奋勇营救同学的故事，仍旧博得了许多人的同情。方灵渊很高兴，他身上的污名正一点点被洗清。

李沐风不在，工作人员说他有事出去了，方灵渊便专心欣赏起展品来。

展厅里，最受关注的两件作品她都见过：《豹》看起来像是镶嵌着漫天星辰，寓意冲破命运的栏杆；《命运的纺锤》则拥着熠熠生辉的万缕丝线，寓意逃不开的宿命。方灵渊从没发现，这两件作品竟然有着惊人的相似点——都透着奇异的金属光泽。

身旁有人惊诧道："这是怎么做出来的？"

有一位玻璃行家说："熔入了金属，一般只会用一种金属，这两件作品显然熔了多种稀有金属。"

方灵渊问："我看这个艺术家挺穷的，他怎么会有稀有金属？"

行家说："手机啊。手机里用了很多稀有金属的。"

方灵渊恍然，困扰她许久的迷雾，仿佛都在这一刻被展厅的直射光驱散开了。

如果没有猜错，段鸿山和周德龙的手机应该被李沐风分别熔进了这两件作品！她的情绪由惊诧到释怀，难怪到处都找不到证据，原来证据就在眼前，被做成了玻璃艺术品，永远地展示在世人眼前。

只是，它已不能再被叫作证据了。世上没有不会被人发现的犯罪，却有不会得到审判的犯罪。没有证据，就无法审判，没有审判，就不算犯罪。没有惩罚，就是完美犯罪。

然而，出乎方灵渊意料，李沐风自首了。

严格来说，不能算是自首。她离开玻璃艺术展不久，就接到了李沐风的电话，说他是渔场杀人案的重要关联人，准备到检察院坦白一切。但有一个要求，就是段鸿山必须在场。

按照正式流程，目前还在存疑不起诉阶段的段鸿山是不能在场的。但李沐风这次不是正式自首，只是向检察院反映情况，那就可以变通。

方灵渊犹豫了一下，还是同意了。解铃还须系铃人，必须先让李沐风说出一切。

检察院的询问室里，有一张三角桌，这是新西兰访谈式侦讯专用的桌子。段鸿山刚升任副检察长时，去新西兰考察，觉得这种侦讯技术很值得学习，回来就订购了一张。

方灵渊、段鸿山和李沐风各踞一边，这是他们第一次坐在一起。

"我们开始吧。"方灵渊说，"你把周德龙的手机熔进《命运的纺锤》里了吧？"

"是。"

方灵渊追问："为什么周德龙的手机会在你手里？"

"是梅筝给我的。"

段鸿山问："梅筝为什么会调换手机，并且把手机交给你。"

"因为她发现了我的计划，想保护我。"

方灵渊问："她是怎么知道你参与渔场杀人案的？"

"我破坏了她的计划之后……她察觉了是我。"

"是你把陈婷家的地址告诉张源的！"方灵渊一惊，"你怎么确定陈婷一个人能杀死张源？"

"我不确定。我只给了张源地址，没告诉他陈婷和梅筝杀他的计划。这很公平，张源有体力优势，陈婷有心理准备。我只是把有杀意的人引导到一起，他们谁杀死谁都有可能，谁杀死谁都不重要。"

段鸿山问："你是为了保护梅筝？"

"算是吧。我救过她，并且为之付出了惨痛的代价。我不希望她成为一个杀人犯。如果她真的和陈婷一起杀了张源，那救她的我又算是什么？"

"但你现在说出了她调换手机这件事。"方灵渊说。

段鸿山说："他算准了，梅筝这么做只涉及做伪证。伪证罪在没有造成后果的前提下，不会受到严重的刑事处罚。"

方灵渊问："你爱她吗？"

"这个问题我想过很多次，也折磨了我很多年。每个人问起图书馆的案子，都会问我这句话。梅筝也问过当时去救她，甚至杀死周林，到底是基于义愤，还是基于爱？我在监狱里追问，我在出狱后继续追问。最后的答案，我想，只能是基于义愤。所以，我再没找过她，因为我永远无法爱她。如果爱她，那我就不是正当防卫。"

方灵渊和段鸿山都沉默了，感到一阵悲凉。

"说说《豹》吧，这件作品里熔的，应该是我的手机吧？它是怎么落到你手里的。"段鸿山急切地说。

"是周德龙给我的。"

方灵渊问:"那天晚上你在场?"

"在,也不在。周德龙袭击你之后,把手机放在了约定好的位置,我负责取走。"

段鸿山好奇:"周德龙不是应该更恨你吗?为什么把目标变成了我?"

"不,他确实是更恨你。"

"为什么?"

"因为你的定性是防卫过当。既然我的行为是防卫,那么前提就是周林在行凶。周林在行什么凶,在准备性侵梅筝。周德龙是个很注重道德感的人,儿子死了很难过,但儿子以强奸犯的身份死去,是他最不能接受的。"

方灵渊问:"你们是怎么认识的?"

"十年前,我四处碰壁……"

段鸿山打断他:"我给你介绍了玻璃工坊的工作,那应该帮了你。"

李沐风笑了:"你为什么认为一份工作就能拯救人?我找到了一种让人生重来的仪式。每当撑不下去时,我就走到河边,脱下鞋子,闭上眼,想象自己跳河自杀,在溺水的痛苦中离开人世。再睁开眼,我就有了再活下去的勇气。赤着脚离去,把鞋留在岸边,就像蝉蜕的壳。摆脱旧的形骸,变成新的自己。我用这个仪式,让自己不断复活,像西西弗斯。"

方灵渊一下想起了同学会那晚碰到李沐风的情形:

"所以那天我遇到你,你光着脚,也是刚刚做完仪式?"

"对。那天我也是这样活过来的,活过来,就碰见了你。在周林死去的那段时间里,周德龙充满了无处发泄的愤怒,又渴望某种秩序来拯救自己。他寻求于宗教信仰,但是几年过去,到底还是意难平。他大概算好了我出狱的时间,想要报复我。当他几次发现我的痛苦之后,对我的恨就不那么强烈了。"

"痛苦就像一面镜子,照着照着,就互相理解了。"方灵渊想到了自己。

段鸿山问:"是你把我的地址给周德龙的?"

"他说我欠他儿子一条命,所以我必须听他的,他要在武岩落脚。我帮他找了房子,在你的隔壁。"

"你为什么要这么做!这样会给我带来危险!"

"为什么你会觉得是危险呢?"

段鸿山一怔,是啊,为什么自己会觉得一定是危险呢?如果搬来的不是周德龙,而是其他案件的当事人,自己是不是也会觉得危险?

方灵渊十指轻轻交叉:"砰——这样一来,就产生化学反应了。"

李沐风说:"我很好奇,你们谁会先认出对方。"

段鸿山说:"但我没有见过周德龙,我不认识他。"

"直到有一天,周德龙发现隔壁的邻居,就是当年的主办检察官。原本远在天边的存在,一下子近在咫尺。他开始越来越关注,或者说,不得不关注。他产生了疑问,段鸿山为什么可以坦然说，自己办的不是案子，是别人的人生呢？你办的不就是案子吗？你审判了人，你怎么可以是普通人呢？"李沐风看着眼前两位近在咫尺的检察官，重复着周德龙说过的话，"人最大的罪是什么？人最大的罪是把自己当神。"

方灵渊说："即使有杀意的人聚集在一起，也不意味着他们一定就会选择暴力。人是会克制自己的。"

"但随后发生的事，让周德龙失去了自制力。周德龙发现段鸿山和梅筝过从甚密。"

"我是为了帮助你们。"段鸿山冷静地分辩。

"我知道，你单独来玻璃工坊看我时，梅筝就躲在你的车里。周德龙也看见了。"

段鸿山说："这是梅筝的请求。"

"那不重要。你怎么解释都不重要，关键是周德龙怎么想。男检察官和女受害者频繁接触，让他为儿子丧生的案件脑补出了新的真相。案发之后，证人梅筝和检察官段鸿山认识了。段鸿山贪图梅筝的美貌，和梅筝做了交易。在他构建完整的故事里，我和周林一样，成了被卷入旋涡的无辜者。直到陈婷杀死张源，你准备把案件定性为正当防卫。又是正当防卫，这彻底激怒了他。"

方灵渊问："周德龙的举报信是你写的吧？"

"他的想法，我的措辞。"

段鸿山不解："他既然举报了我，为什么还要绑架我？"

"周德龙一直认为，人没有权力审判人。但在得绝症后，他觉得这是上天的启示，让他去当审判者，以他的生命为代价。他让我来想办法。我提议做一场直播，让所有老百姓都能参与审判。他认为公义站在他这边，结果一定是你死刑。"

方灵渊说："但是我们查过了，没有这场直播。"

"因为这场直播，是我设置的。"

"从那一刻起，周德龙的计划，变成了你的计划。"方灵渊的推理得到了证实。

"我必须控制他的行动。我在他的手机上动了手脚，让这场直播只能在局域网里出现。我设置了很多影子账号，让这些影子账号能够发表评论。这是根本不存在的直播，观众只有我一个。"

段鸿山问："所以那些评论弹幕都是你发的，包括那些诱导周德龙执行私刑的言论，你想杀死我？"

方灵渊问："我有一个疑问，发布这么大量的文字信息，你是怎么做到的？"

"这些话，大概是我十四年来天人交战的记录。我一直记录着，只要复制粘贴就可以了。而且，我发了很多。有些是怀有恨意的，更多不是。你觉得所有弹幕都是恨意，大概是周德龙那时候只能看见有恨意的话。"李沐风平静地说，"不管怎么样，你的反应证明我没有错。持刀防卫，是唯一的选择。"

…………

段鸿山提出了最后一个问题："你为什么帮周德龙？"

李沐风回答："你说过，这个社会上有三种审判：法庭审判、道德审判和时间审判。我要在时间法庭上申诉。要想证明正当防卫，作为检察官的段鸿山，是最好的人选。所有人都会关注这起案件，所有人都会关注正当防卫。"

方灵渊也提出了最后一个问题："为什么选择自首？"

李沐风回答："因为你们失败了。你，自辩失败。你，选择了存疑不起诉。如果你们成功证明段鸿山是正当防卫，那我就继续做我的玻璃。但你们失败了。只能由我站出来，证明段鸿山是正当防卫。十四年前，我在图书馆，敢去反抗周林，是因为我知道有正当防卫的法条。我曾经以为，正当防卫是一块玻璃之盾，虽然看不见，但实实在在有用。结果当我举起它抵抗时，它一击即碎，我自己还受了伤。我想让它变得坚固，让每个人都能拿起玻璃之盾保护自己。"

段鸿山想，李沐风虽然被困在了十四年前，却仍想着要改变世界。而方灵渊想的则是，这种做法，通常是剧场型犯罪。犯罪者会准备一个华丽的舞台，掀起一场盛大的演出，把所有人都拉到剧场里，让人观看他的演出。最后，他一定会亲自登台谢幕。因为剧场型罪犯最不能忍受的，就是观众不知道他的存在。李沐风的所作所为无疑符合剧场型犯罪的特征。

李沐风忽然问："你们都是一流的检察官，你们觉得我的罪行该如何定性？"

"你们谁是主谋，谁是从犯？"

"人和人互相影响。谁是主谋，谁是从犯，哪能分得那么清呢？"

"是不是教唆犯？"

"不是，周德龙本身有主观故意，不能算他教唆。"

"我是不是应该算传授犯罪方法罪？"

"不准确，绑架和杀人两个明确的犯罪行为，都不是出于你的设计。"

三个人突然陷入激烈的法理讨论，像是在聊别人的事。

方灵渊最后问："有什么具体证据，能证明你说的都是真话？"

方灵渊和段鸿山都清楚，两部手机已被销毁，得拿到架设局域网的设备和发送弹幕的文字记录，配合口供，证据链才能接近完整，否则贸然起诉，很容易失败。

方灵渊希望拿到的就是这部分实体证据。但李沐风给出的证据，出乎他们意料。

他说起，那天晚上，段鸿山驾车离开了渔场。在前往自首的路上，段鸿山反复循环播放着《沉默的羔羊》。车窗开着，音乐飘荡在空气里，李沐风也能听见。两台车保持着恒定的距离，段鸿山听了多久，李沐风就听了多久。经过灯塔时，段鸿山把车停下，注视着雨中的灯塔。李沐风隐在暗处，也望着灯塔。《沉默的羔羊》又唱了两遍，段鸿山重新上了车。

听歌这个细节，警方和检方都从未对外公布。看灯塔的细节，段鸿山也从来没对检方说过。

方灵渊看了段鸿山一眼，说："消失的十三分钟找到了。"

段鸿山沉默不语。

李沐风意味深长地说："真相是个挂钩，每个人都能去挂上自己的帽子。"

最后，李沐风向方灵渊申请，给他两天时间，他要把玻璃工坊的工作做个交接。师父年纪大了，又有残疾，他忽然消失会给玻璃工坊带来很多麻烦。

这次会面的性质是询问，而非审讯，不能对李沐风采取强制措施。虽然录了像，但因为有关联人段鸿山在场，作为呈堂证据仍存在瑕疵。

方灵渊评估了李沐风不会潜逃，最终同意李沐风先安置工作再来自首。

会面结束后，段鸿山去了水族馆，他想见见梅筝。水藻在漂摇，鱼群在游弋，但没有梅筝。段鸿山凝望着玻璃幕墙后的海水，看了很久，最终转身离开了。

梅筝人在武岩车站。

自从段鸿山被释放后，她就给自己和李沐风买好了离开武岩的车票，发消息让李沐风跟她离开武岩。李沐风没有回应。第二天在车站没等到李沐风，她就再买下一天同一时刻的车票，继续发消息给李沐风。

每天如是，李沐风一直没来。

突然有个声音问："梅筝，你怎么在这儿？"

陈婷站在梅筝眼前，拖着行李箱，行李箱上还坐着她的孩子。

随后，两人在长椅上坐下，就像那一晚坐在秋千架上一样。梅筝以为陈婷会问她是不是她把地址告诉张源的。她不能说出李沐风。她心里下了决定，如果陈婷问起，她就把这件事揽到自己身上。但陈婷没有问。梅筝心里羡慕，陈婷应该是已经完全释怀了吧。

两人买的是同一趟列车的票。距离开车时间还有十五分钟，进站口的闸机已经开启。

陈婷问道："我要走了，你不走吗？"

梅筝摇摇头："你走吧，祝你一路顺风，一生幸福。"

陈婷本想起身，但看了看时间，又对梅筝说："有一件事，我没和任何人说。但我一定得告诉你。"

梅筝讶异。

"张源告诉过我，那天他在图书馆，听到你喊了一声'杀了他！'。"

"他说谎！"梅筝瞬间喊了出来，声音中的悲愤很快被哽咽取代。

"比起他，我更信任你。张源就是个人渣，他的话当然是谎话。"陈婷说完，拖着行李和孩子，随着人流通过了闸机。

梅筝怎么也擦不掉眼里的泪，只能睁着模糊的眼，努力在人流里继续寻找李沐风的踪影。人丛穿梭如线，每个人都看不清脸。

耳边传来"即将停止检票"的广播提示音，梅筝朝进站口望过去，看见陈婷站在闸机那头，远远地望着她。

梅筝大步走过去，穿过闸机，来到陈婷身边，问道："你什么时候选择信任我的？"

"你给芦笋削皮的时候。"

人丛依然像缠绕的丝线，她们一起消失在线团里。

又是一天的落日，不知道这是一段人生旅途的落幕，还是序章。

因为李沐风的供述，案件有了新的结论，段鸿山正当防卫成立。

宫平把段鸿山叫到了办公室。段鸿山以为是办离职的事，结果宫平并不打算让他离开检察院，而是建议他先辞去副检察长职务，暂时休假一段时间。

宫平心情很好，还要跟段鸿山研讨一下李沐风的案件定性，以及由哪个检察官负责。段鸿山却以开始休假为由推托了。

段鸿山走出检察院大楼，看到方灵渊正在水池边全神贯注地看着什么。他走过去想说话，方灵渊却轻轻地比了个"嘘"的手势。段鸿山顺着她的目光看过去，只见被称作"喵检"的野猫此刻如同一道拉满的弓，蓄势接近一只恋栈枝头的雀鸟。方灵渊屏着呼吸，比"喵检"还紧张。

"喵检"倏地纵身扑击，雀鸟闻声振翅飞走，"喵检"扑了个空，从树上掉落进花丛里。

方灵渊有点儿沮丧，心中那道绷紧的弦松弛下来。

段鸿山这才问道："你什么时候回省院？"

"一会儿就走。"方灵渊轻松的语气中带着些许留恋，"我不习惯别人送我。"

"我以为你会当李沐风案的公诉人。"

"纯靠口供，嫌疑人上庭之后翻案怎么办？这种有可能输的案子我就不掺和了。"

"几十天，却厘清了十四年的线头。还是要谢谢你。"

方灵渊却轻轻一笑，反过来向段鸿山道谢："该说谢谢的人是我。你救过我。"

段鸿山诧异，完全想不出自己和方灵渊此前有什么交集。

"还记得十四年前，你给李沐风案做的公诉陈词吗？"

段鸿山摇头："太久了。"

方灵渊清楚地记得，那些话言犹在耳："普通人不知道法律真正的度在哪里。我们每个人都在说遵纪守法，但是法到底是什么，有哪些法，大家并不真正清楚。法是我们保护自己的方式。法律是船，我们所有人都乘着这艘船渡过人生之河。但这是一艘无形的船，我们不知道船舷在哪里。有人足够幸运，就能乘船顺利渡河，有的人一不小心，就会掉进水里。没有人想犯错，他们只不过是经历了最倒霉的一天，无意间踩空，掉下船，溺水了。在特定的环境中，谁都可能犯错、犯罪。顺利过河的人是幸运的，那些溺水的人也在等着我们去施救。以本案而言，请不要把他看作犯罪者，他就是一个溺水的人。我们司法人要做的，就是拯救溺水的人。"

段鸿山觉得意外，没想到方灵渊能把十四年前的一段话一字不差地背诵出来。

"谢谢。"方灵渊发自内心地说。

十四年前的那个雨季，雨丝纷纷扬扬，模糊了校园的颜色，一切都是灰蒙蒙的。

图书馆外围满了人，方灵渊挤进别人的伞下，看到了被警察带出来的李沐风，浑身淋湿，校服前有一片血。警察手中提着一个证物袋，里面装着一把染血的刀。在一片灰色中，这片血迹显得异常刺眼。

方灵渊身体一凛，因为远远看过去，那把刀和她藏进图书馆的刀惊人地相似。

把刀藏在图书馆后，她忐忑了三十多个小时。再回图书馆看，她发现那一列书的顺序变了，有人动过。

刀还在吗？她不禁担忧起来。她小心翼翼地抽起书，幸好刀还在。

一阵闷雷响起，也可能没有闷雷。记忆总是会被篡改，只留下自己心里想要的模样。方灵渊记不清了，只记得自己当时惊慌极了，气喘吁吁地跑到图书馆外侧的花坛。

灰黑色的天际下，灰黑色的花坛，灰黑色的眼球里，是一片蓝到令人眩晕的绣球花。方灵渊觉得自己一定是出现了幻觉，粉色的花在一场雨后变成了海水的颜色。在这片蔚蓝花海间，她的双手插进湿漉漉的土里，急切而又疯狂地挖掘着、寻找着……终于，她的手指碰到了一个冰凉坚硬的物体，然后，她的指尖破了——刀。

她没记错，那天发现书被动过后，她赶紧把刀又带出图书馆，埋在了花坛里。

很多年后，方灵渊才知道，那片蔚蓝色的花海不是幻觉，是金属刀片的铝元素改变了土壤的酸碱度，花才会变色。

她几乎被卷入李沐风的案子，也几乎成为下一个李沐风。后来，学校里每一个班级都通过教室里的电视观看了"图书馆杀人案"的庭审实况，学校希望学生们能引以为戒，即便他们中的绝大多数人一辈子都不可能理解"杀人"两个字到底意味着什么。

电视里的检察官说："顺利过河的人是幸运的，那些溺水的人也在等着我们去施救。以本案而言，请不要把他看作犯罪者，他就是一个溺水的人。我们司法人要做的，就是拯救溺水的人。"

方灵渊听得很认真，关掉电视时，她已经能轻声背出每一个字。从那时起，她知道该如何保护自己了——她决定要学习法律。

四年以后，方灵渊大三，在法学院的讲座上，她听到了熟悉的声音，听到他在讲时间的审判，她也知道了那个检察官的名字——段鸿山。

她本想上前向他道谢，却看见他在和一个高高瘦瘦的年轻男生交谈。

于是，她的这一声"谢谢"等待了十四年，终于说出口了。

临走，方灵渊问了段鸿山最后一个问题："罪和罚，到底是法律定的，还是人定的？"

段鸿山说："法律是人们的共同期望。"

方灵渊说："期望的共识，就是法律。"

段鸿山说："法律是虚构的真实，诞生于虚构，又真实约束人。什么罪，怎么罚，取决于这道透明的边界。"

每一个司法人，其实都在摸索着这道虚构的边界。

走到小石桥，方灵渊想起了把人生寄托在一把刀上的自己。像看一双少年时代的鞋子，它陪你走了许多路，你记得它的样子，可再也穿不上了。

高中毕业时，她带着那把刀来到桥上。雨滴轻敲湖面，发出细微而持续的声响，激起无数微小的涟漪，直至湖面呈现出绣球花般的蓝色。

方灵渊有种说不出的毁灭欲，她想做些什么，砸烂、扯碎、刺穿或者烧毁些什么，可是湖水很干净，那汪静谧的湖水，仿佛磁铁一般吸引着方灵渊手中的刀。

最终，刀落进湖水中，水中的倒影被划开，旋即湖面又波平如镜。连雨也停了，一切都干净如新。雨季尚未结束，那霉烂潮湿的天气，终会在某一天被炎炎烈日驱散。

尾声

每一个瞬间都是双重瞬间

  方灵渊带着小闲到小石桥见李沐风。两个人说好了，李沐风正式自首前，他们要在小石桥再见一面。见完这一面，方灵渊也要离开武岩市了。

  小闲卧在桥栏上，遥望着夕阳。方灵渊看着小闲说："你看它这个姿势，是不是有点儿像《豹》？"

  "它比《豹》自由。"

  "我要回省院了，以后手机联系啊。"

  "我应该有很长一段时间，都不会用手机了。"

  "我有点儿没搞清你怎么想的，你不是做得挺完美吗？《豹》《命运的纺锤》，很美妙的作品，我都佩服得五体投地。"

  李沐风伸手一边抚摸小闲，一边说："再见了，我的共犯。"

方灵渊问："为什么是'共犯'？"

李沐风解释道："假使段鸿山是有罪的，最后却能无罪，这本身就是一场犯罪。这个目标能完成，是因为全社会都想唤醒正当防卫。法律是人们共同的期望，所以你是我的共犯，所有人都是我的共犯。"

方灵渊问："段鸿山在哪一边？"

李沐风凝望湖面，说："有人溺水了，有人去救他，两个人都在水里时，谁能分清哪个是救人的，哪个是溺水的？"

方灵渊一凛。

"有没有一种可能，假设你是一个检察官，你曾经做出过自己也不够满意的判断。事情已经过去许多年，突然有一天，隔壁搬来了一个新邻居。他对你很熟悉，你对他也有印象。你发现，他就是过去那起案件的关联人。他是一个溺水的人，他憎恨你。他在监视你，甚至可能对你的家人不利。你的生活和危险只有一墙之隔，你担心某一个瞬间，他突然采取行动……这个时候，你该怎么办？是选择释法说理，还是选择让他消失？

"这时候，你才是那个溺水的人。为了保护家人和生活，你必须确保自己无罪。在预判了他的行动后，你决定使用正当防卫。他的所有行动，都会成为你无罪的证据！现在回到最初，不要错过每一个瞬间。你会发现……救人的瞬间就是溺水的瞬间，防卫的瞬间也是杀人的瞬间。每一个瞬间都是双重瞬间。"

说完这番话,李沐风意味深长地笑了。

方灵渊想起了看守所里迟迟不开口的段鸿山说出的第一句话:每个嫌疑人都是一座迷宫,他们张口说的第一句话,就是迷宫的入口。

此刻,她又站在了新迷宫的入口。